AF545568

Steffi Bieber-Geske

Neue Abenteuer auf Rügen

Lilly, Nikolas und die Kraniche

Illustrationen von Claudia Gabriele Meinicke

Biber & Butzemann

Auf unserer Webseite www.biber-butzemann.de erfahrt ihr mehr über unvergessliche Familienferien, unseren Verlag und unsere Bücher. Abonniert gern unseren Newsletter über https://shop.biber-butzemann.de/newsletter.php und folgt uns auf www.facebook.com/biberundbutzemann,
Instagram: biberundbutzemann oder www.pinterest.de/biberundbutzemann

Hinweis: Ausstellungen in Museen wechseln und auch bei anderen Sehenswürdigkeiten gibt es regelmäßig Veränderungen, darum sind alle Angaben ohne Gewähr.

Besuchen Sie uns im Internet unter www.biber-butzemann.de

Für meine Schwester Kati und unsere Mom, deren Herzen wie meins auf Rügen zu Hause sind. Und für Connor und Liam, die wie Kraniche die Welt entdecken und trotzdem immer nach Hause zurückfinden sollen!
SBG

© Kinderbuchverlag Biber & Butzemann
Geschwister-Scholl-Str. 7
15566 Schöneiche

3. Auflage, 2024

Alle Rechte vorbehalten. Die vollständige oder auszugsweise Speicherung, Vervielfältigung oder Übertragung dieses Werkes, ob elektronisch, mechanisch, durch Fotokopie oder Aufzeichnung, ist ohne vorherige Genehmigung des Verlags urheberrechtlich untersagt.

Bibliografische Information der Deutschen Bibliothek
Die Deutsche Bibliothek verzeichnet diese Publikation in der Deutschen Nationalbibliografie; detaillierte bibliografische Daten sind im Internet unter http://dnb.ddb.de abrufbar.

Text: Steffi Bieber-Geske
Illustrationen: Claudia Gabriele Meinicke
Layout und Satz: Mike Hopf
Lektorat: Kati Bieber, Simona Herzig, Juliane Just
Lektoratsassistenz: Martina Bieber, Carolin Christern, Pauline Denker, Nicole Grom, Frederike Rademacher, Lisa Schenke
Korrektorat: Peggy Büttner, Jennifer Trapp
Druck- und Bindearbeiten: Drukarnia ABEDIK Sp. z o.o.
ISBN: 978-3-942428-72-9

INHALT

Rügen
Kap Arkona
Hiddensee
Lohme
Glowe
Gummanz
Gr. Jasmunder Bodden
Sagard
Sassnitz
Ralswiek
Gingst
Ummanz
GALILEO WISSENSWELT
Prora
Rugard
Binz
Lieschow
Bergen
Sellin
Zirkow
Baabe
Groß Mohrdorf
Granitz
Putbus
Göhr
Lauterbach
Vilm
Kleiner Dänholm
Stralsund

Ein lang ersehntes Wiedersehen

Das laute Krähen eines Hahnes weckte Lilly und Nikolas am ersten Urlaubstag. Ein Abend zuvor waren sie auf dem Ferienhof angekommen. Mama und Papa hatten erzählt, hier gäbe es viele Tiere, aber davon hatten sie im Dunkeln nichts mehr gesehen. Umso neugieriger schauten sie jetzt aus dem Fenster.

Der Ferienhof lag inmitten von sonnengelben Rapsfeldern und grünen Weiden. In diesem Jahr fielen die Osterferien erst auf Mitte April. Der Frühling zeigte sich von seiner schönsten Seite, und die Natur schmückte sich mit zartem Grün und bunten Blüten. Weiter hinten glitzerte die Sonne auf dem blauen Wasser des Boddens. Diese Lagune, das wussten Lilly und Nikolas, war durch ein Stück Land von der Ostsee getrennt. Deswegen war das oft eher flache Wasser darin deutlich weniger salzig als das Meer. Am anderen Ufer konnten sie die Kirchtürme von Stralsund erkennen.

Schon lange hatten sich Lilly und Nikolas gewünscht, noch einmal auf Rügen Urlaub zu machen. Vor zwei Jahren hatten sie sehr spannende Ferien auf der Insel verbracht und dabei sogar den berühmten Piraten Klaus Störtebeker kennengelernt. Na gut, es war

nicht der echte Störtebeker, der war ja schon seit Jahrhunderten tot, aber auf Rügen war er bei den *Störtebeker-Festspielen* trotzdem noch sehr lebendig.

Auf dem *Großen Jasmunder Bodden* war ihnen ein Piratenschiff entgegengekommen und auf der Naturbühne Ralswiek hatten sie eines der vielen Abenteuer des berühmten Seeräubers miterleben dürfen. Später hatten sie sogar mit Störtebeker und seiner Crew zu Abend gegessen. Einer der Piraten hatte ihnen einen Seemannsknoten beigebracht und der Falkner Volker Walter ihnen Störtebekers Adler Laran aus der Nähe gezeigt.

Auch wenn diesmal keine Begegnungen mit Piraten zu erwarten waren, weil die Störtebeker-Festspiele erst Mitte Juni starten würden, freuten sich Lilly und Nikolas sehr auf die nächsten Tage. Sie übernachteten auf einem

Ferien-Bauernhof im ruhigen Osten der Insel und Mama und Papa hatten wieder ein paar spannende Ausflüge geplant. Aber heute wollten sie erstmal in Ruhe die Gegend erkunden.

Obwohl die Uhr im Wohnzimmer der Ferienwohnung erst 7 Uhr zeigte, waren Lilly und Nikolas putzmunter. „Lass uns den Hof anschauen. Mama und Papa haben gesagt, wir können uns hier frei bewegen“, schlug Nikolas vor.

Lilly war sofort dabei. Schnell schlüpften sie in ihre Kleidung, wuschen sich kurz den Schlaf aus den Augen und schlichen sich, um Mama und Papa nicht zu wecken, hinaus. „Schau mal, hier sind Fossilien im Stein eingeschlossen“, flüsterte Nikolas und zeigte begeistert auf die Treppenstufen.

„Wie schön!“, fand Lilly. „Wäre es nicht toll, wenn wir Fossilien am Strand finden würden?“

„Wir müssen es auf jeden Fall versuchen“, meinte Nikolas.

Vor dem Haus sahen sich die Kinder neugierig um. Der Hof bestand aus mehreren hübschen Häusern mit Reetdächern, in denen die Ferienwohnungen untergebracht waren. Rechts von ihnen befand sich ein hölzernes Gebäude, aus dem nun unüberhörbar ein Wiehern erklang. Lilly und Nikolas gingen näher heran und wollten gerade durch die Ritzen spähen, als plötzlich die Tür schwungvoll geöffnet wurde. Die Kinder konnten gerade noch zurückspringen.

„Oh, guten Morgen“, lächelte eine junge Frau in Reithosen und Reit stiefeln die Geschwister freundlich an. „Ihr seid aber früh auf. Habt ihr Lust, mir ein wenig mit den Pferden zu helfen? Richtig los geht es erst um 8 Uhr, wenn die anderen Kinder kommen, aber ihr könnt gern schon anfangen. Ich bin übrigens Anja. Mein Mann David und ich leiten den Ferienhof.“

„Oh ja, wir helfen sehr gern“, sagte Lilly mit leuchtenden Augen und auch Nikolas war nicht abgeneigt. Er liebte Pferde zwar nicht so sehr wie seine Schwester, aber er mochte Tiere aller Art. Die Geschwister stellten sich ebenfalls vor und folgten der jungen Frau durch den Stall auf den Platz dahinter. „Hier werden nachher einige Pferde zum Reiten vorbereitet. Die anderen dürfen gleich auf die Weide. Sie wechseln sich jeden Tag ab. Aber erstmal müssen wir hier ein bisschen saubermachen. Macht es euch etwas aus, ein bisschen die Mistgabel zu schwingen?“

„Nein, kein Problem“, meinte Nikolas.

„Das gehört nun mal dazu“, erklärte Lilly.

„Na dann“, sagte die junge Frau und drückte ihnen Schippen und Mistgabeln in die Hand. Sorgfältig kehrten Lilly und Nikolas die Pferdeäpfel zusammen und warfen sie auf einen großen Haufen. Dann durften sie zusehen, wie Anja einen Teil der Pferde aus dem Stall zum Gatter führte, von wo aus sie auf die riesige Weide galoppierten. Vier Pferde band sie im Hof fest. Sie gab Lilly und Nikolas zwei Bürsten und zeigte ihnen an einem schönen schwarz-weiß gescheckten Pony, wie sie durch kreisförmige

Bewegungen das Fell reinigen und pflegen konnten. Dass sie sich dem Pferd dabei nicht von hinten nähern durften, wussten die beiden längst.

„Ihr kümmert euch um ‚Kleiner Donner'?", fragte Anja, als sie sah, dass die Kinder vorsichtig und sorgfältig an die Arbeit gingen. Lilly und Nikolas nickten kichernd. Der Name passte perfekt, das Pony sah wirklich aus wie das Pferd des Siouxjungen Yakari aus der Fernsehserie.

Inzwischen war es 8 Uhr. Sechs weitere Kinder und eine zweite Reitlehrerin kamen dazu. Als die Pferde schön gebürstet waren, zeigten ihnen die Frauen, wie man die Hufe auskratzt. Das war gar nicht so einfach, ebenso wie das Anlegen des Sattels.

Als alle Pferde fertig waren, durften sich die Kinder passende Helme suchen und eine Runde um den Hof reiten. Weil Lilly schon das erste Reitabzeichen hatte, durfte sie ‚Kleiner Donner' nach einer Proberunde allein reiten, während Nikolas geführt wurde. Das ärgerte ihn ein wenig und er beschloss, Mama und Papa ebenfalls um ein paar Reitstunden zu bitten.

Als Lilly und er wenig später mit Mama und Papa am Frühstückstisch saßen, versuchte Nikolas sofort sein Glück. Der Rest der Familie war zunächst etwas überrascht. Doch als er anbot, sein Urlaubstaschengeld zu den Reitstunden dazuzugeben, sagten Mama und Papa gern Ja.

Lilly war begeistert. Sie hatte immer gehofft, dass ihr Bruder Pferde irgendwann auch so sehr lieben würde wie sie, aber schon fast nicht mehr daran geglaubt. Dieser Urlaub würde sogar noch schöner werden als gedacht.

DAS GLÜCK DER ERDE AUF DEM RÜCKEN DER PFERDE

Gleich nach dem Frühstück gingen Lilly und Nikolas zur Rezeption und fragten Anja nach einem Termin. Weil ein anderer Gast allergisch auf die Pferdehaare reagiert und daher seine Reitstunde abgesagt hatte, war um 12 Uhr etwas frei geworden. Glücklich kehrten Lilly und Nikolas in die Ferienwohnung zurück, wo sie sich die Zeit mit Monopoly spielen vertrieben. Mama und Papa saßen währenddessen auf der Terrasse in der Sonne. Mama blätterte zufrieden in einem Stapel Gartenzeitschriften, die sie an der Rezeption ausgeliehen hatte und Papa in einem Buch über Kraniche aus der Hofbibliothek.

Kurz vor 12 Uhr gingen Lilly und Nikolas aufgeregt zum Pferdestall. Lilly bekam eine Reitstunde auf dem großen Reitplatz, auf dem sie unter Anleitung von Anja das Galoppieren übte. Nikolas benötigte als Anfänger zunächst eine Longenstunde auf dem kleinen Reitplatz nebenan. Die Reitlehrerin Diana hielt das Pferd an einer langen Leine fest und ließ es im Kreis laufen. Am Anfang saß Nikolas ziemlich angespannt auf dem wackeligen Tier, aber dank der guten Tipps von Diana lernte er schon bald, das Gleichgewicht zu halten.

Sein Pferd war geduldig und Nikolas fasste schnell Vertrauen. Nach einer halben Stunde saß er sicher im Sattel und Diana ließ das Pferd sogar antraben. Als Nikolas auch diese Übung bestens meisterte, fasste Diana einen Entschluss. „Ich glaube, du kannst jetzt eine Runde allein reiten“, sagte sie zufrieden und befreite das Pferd von der Longe. Sie zeigte Nikolas, wie er das Pferd mit sanftem Druck der Beine zum Loslaufen und durch vorsichtiges Ziehen an den Zügeln zum Stehen bringen konnte.

Nikolas atmete tief durch und gab dem Tier das Startsignal. Alles klappte hervorragend und als Nikolas strahlend wieder zum Stehen kam, ertönte vom anderen Reitplatz ein lautes Klatschen. Lilly und Anja applaudierten. „Du bist ein Naturtalent", rief Anja.

Beim Mittagessen berichteten beide Kinder begeistert von ihren Reitstunden. Anschließend fuhren sie gemeinsam mit den Fahrrädern, die sie von zu Hause mitgebracht hatten, zum nahegelegenen Hof von *Bauer Lange*. Hier tobten Lilly und Nikolas auf der riesigen Strohburg, während Mama im Hofladen und auf dem Flohmarkt stöberte. Papa machte es sich mit einem Sanddornbier in einem aus Paletten gebauten Strandkorb gemütlich.

Kurz vor 17 Uhr trafen sie sich alle wieder, denn

heute war Mittwoch – und es gab verschiedene „Junior-Bauer"-Aktivitäten bei Bauer Lange. Der sah gar nicht so aus, wie Lilly und Nikolas sich einen Bauern vorgestellt hatten. Er trug weder Latzhose noch Hut, und er war auch nicht besonders alt. In seinen Jeans und dem Poloshirt hätte er genauso gut bei Mama oder Papa im Büro arbeiten können.

Bauer Lange nahm die Geschwister und vier weitere Kinder mit zu den Tieren. Sie durften beim Füttern der Hühner, Kaninchen und Schweine helfen – und sie lernten die berühmte Rosi kennen. Rosi war angeblich die größte Sau auf Rügen und das Maskottchen des Hofs. Als Lilly und Nikolas das Tier sahen, konnten sie sich gut vorstellen, dass Bauer Lange mit der Größe recht hatte. Zur Schweinefamilie gehörten noch der ebenfalls gigantische Eber Rudi und eine Bande niedlicher Ferkelchen.

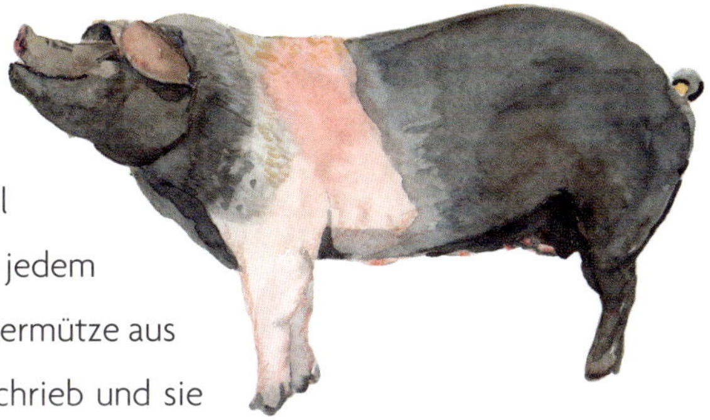

Nachdem die Hoftiere ihr Abendessen bekommen hatten, kümmerte sich Bauer Lange um das leibliche Wohl der kleinen Besucher. Er gab jedem Kind eine Schürze und eine Bäckermütze aus Papier, auf die er ihre Namen schrieb und sie lustig verzierte. Er selbst trug eine Mütze mit der Aufschrift „Bäcker Lange", wie Lilly und Nikolas grinsend feststellten. An einem Tisch knetete jeder ein Stück des vorbereiteten Teigs. Bald hatte nicht nur „Bäcker Lange" die Nasenspitze voller Mehl. Unter viel Gelächter und Gestaube brachten sie den Teig in Form und füllten ihn in Dosen ab. Diese schob der Bauer dann in den großen Holzofen auf dem Hof. Später würde jedes Kind sein Dosenbrot mitnehmen dürfen.

Als alle Brote im Ofen standen, ging es in den Hofladen, wo Frau Lange und ihre Mitarbeiter ein Kartoffelbuffet vorbereitet hatten. Die Kinder standen schnuppernd vor der Ansammlung an Kartoffelpuffern, Kroketten und Pommes. Nikolas' Magen knurrte vernehmlich und sie ließen sich die Köstlichkeiten schmecken. „Probier mal die Chips, Lilly", raunte Nikolas seiner Schwester zu. „So leckere hab ich noch nie gegessen."

„Die haben wir aus unseren hofeigenen Kartoffeln selbst hergestellt, so wie alle anderen Sachen auch", verriet Frau Lange ihnen.

Als sie am Abend zurück zum Ferienhof radelten und die Dosenbrote im Fahrradkorb klapperten, waren sich Lilly und Nikolas einig, dass dies ein perfekter erster Ferientag gewesen war.

KREIDEMÄNNCHEN, LEUCHTTÜRME UND SLAWEN AM KAP ARKONA

„Lilly, erinnerst du dich, dass du bei unserem letzten Rügenbesuch gern noch die Leuchttürme am *Kap Arkona* gesehen hättest?“, fragte Mama am nächsten Morgen beim Frühstück.

„Au ja“, freute sich Lilly. „Können wir das diesmal machen?“

„Wie wäre es mit heute?“, schlug Mama vor.

„Das wäre super, aber Nikolas und ich müssen erst noch die Tiere füttern, bevor wir losfahren können“, sagte Lilly. Nikolas nickte und murmelte mit vollem Mund etwas Unverständliches, das so ähnlich wie „Au jen All“ klang. Anja hatte ihnen beim Stallausmisten erzählt, dass die Tiere jeden Morgen um 9 Uhr ihr Frühstück bekämen und die Ferienkinder gern mithelfen dürften. Das Ponyreiten wurde dagegen nur jeden zweiten Tag angeboten.

Die Geschwister eilten die Treppe hinunter und erwischten im Fahrzeugschuppen ein Doppelsitzer-Kettcar. Nikolas trat ordentlich in die Pedale, um sie beide schnell zu den Tiergehegen zu bringen. Lilly, Nikolas und drei weitere Kinder halfen Anja und ihrem Mann David fleißig, die Schweine, Ziegen, Kaninchen und Hühner zu füttern. Die Ziegen und einige Kaninchen ließen sich sogar streicheln.

Nachdem die Wassertröge und Futternäpfe aufgefüllt waren, durften die Kinder in den Hühnerstall klettern und vorsichtig die noch warmen Hühnereier in die bereitgestellten Kartons legen. Ein weißes Huhn saß in einer Ecke und betrachtete sie wachsam. „Das ist Klara“, erzählte David. „Sie darf ihre Eier ausbrüten, damit wir mal wieder Hühnernachwuchs haben.“

„Wie lange dauert es noch, bis sie schlüpfen?“, fragte Lilly, die zu gern die frisch geschlüpften Küken gesehen hätte.

„Noch etwa eine Woche“, sagte David. „Ich weiß nicht, ob sie es rechtzeitig schaffen, sodass ihr sie noch sehen könnt, aber bei Bauer Lange und bei Bauer Kliewe gibt es ja auch Küken.“

Als Lilly und Nikolas zurück in die Ferienwohnung kamen, schickte Mama sie nur kurz Händewaschen, dann gingen sie schon wieder hinunter zum Auto. „Wir wollen ja heute auf die andere Seite der Insel, das dauert ein Weilchen“, sagte sie.

Sie wählten den Weg über die *Wittower Fähre*. Die Kinder genossen die kurze Fahrt mit dem Schiff über den Bodden von Trent nach Wiek. Es war eine nette Abwechslung zum Autofahren. Nach ein paar Minuten waren sie schon auf der anderen Seite. Von hier aus war es nicht mehr weit bis zum Kap Arkona.

Sie parkten am Rand von Putgarten und bummelten ein wenig durch den kleinen Ort. Auf dem *Rügenhof*, einem restaurierten Gutshof aus dem vorletzten Jahrhundert, hatten sich verschiedene Kunsthandwerke angesiedelt, denen die Besucher bei der Arbeit über die Schulter schauen durften. Kerzenzieher, Schneider, Schmuckhersteller, Korbflechter und Bernsteinschleifer verkauften ihre handgefertigten Kunstwerke. Außerdem gab es kleine Geschäfte mit schönen Dingen aus der ganzen Welt. Auf einem kleinen Markt boten Trödler die unterschiedlichsten Waren an. Es duftete nach frisch geräuchertem Fisch.

Lilly und Nikolas gefielen besonders die „Rügener Kreidemännchen". Die niedlichen Männchen und Elfen aus schneeweißer Kreide wurden in der kleinen Schauwerkstatt liebevoll mit Muscheln, Donnerkeilen und Bernsteinen verziert. „Unsere Kreidemännchen sind beliebte Glücksbringer", erzählte

ihnen Marlies Jost, die die Werkstatt gemeinsam mit ihrem Mann Reinhardt betrieb. „Die Kreidemännchen, so erzählt man sich, sammeln in den hellen Vollmondnächten an den Stränden Rügens das Gold der Ostsee, den Bernstein. Dann fertigen sie mit Geschick die schönsten Schmuckstücke daraus."

Lilly und Nikolas hatten mit großen Augen zugehört. Während die Familie zusah, wie die Kreidemännchen hergestellt wurden, Halbedelsteine gesägt, getrommelt, poliert und geschliffen oder Gläser graviert wurden, diskutierten sie, ob an dieser Geschichte etwas dran sein konnte. „Das ist bestimmt nur ein Märchen", war Nikolas überzeugt.

„Aber die Zwergengeschichten im Schwarzwald hatten auch einen wahren Hintergrund", erinnerte Lilly ihn an ihren letzten Urlaub. „Wir sollten auf Nummer sicher gehen und uns in einer Vollmondnacht versteckt auf die Lauer legen."

„Gute Idee. Aber erstmal will ich bei Tageslicht ans Meer und auch so einen coolen versteinerten Seeigel finden", beschloss Nikolas. Sein Blick wanderte sehnsüchtig über verschiedene Fossilien, Klappersteine und Hühnergötter.

Nach ein paar köstlichen Cupcakes im *Rügenhof-Café* nahmen sie die Bimmelbahn zur Nordspitze der Insel Rügen. Hier gab es nicht nur einen, sondern gleich zwei Leuchttürme und sogar noch einen weiteren Turm, dessen Zweck Lilly und Nikolas nicht erkennen konnten.

„Der viereckige Turm aus rotem Backstein ist der zweitälteste Leuchtturm an der deutschen Ostseeküste. Er wurde vor rund 200 Jahren nach Plänen des berühmten Architekten Karl Friedrich Schinkel erbaut. Der höhere Turm direkt daneben mit dem elektrischen Leuchtfeuer obendrauf ist erst gute hundert Jahre alt. Er warnt noch heute die Schiffe davor, zu

nahe ans Ufer heranzufahren. Der dritte Turm ist ein ehemaliger Marinepeilturm. Er sandte früher Funkwellen aus und hat damit den Schiffen beim Navigieren geholfen", erzählte Mama, die sich vorher im Reiseführer schlau gemacht hatte.

„Wollen wir uns die Sache mal von oben ansehen?", schlug Papa vor.

„Au ja!" Lilly und Nikolas steuerten als Erstes den kleineren, alten Turm an. Auf dem Boden vor dem Turm befanden sich kleine Tafeln, auf denen viele Brautpaare verewigt waren, die hier geheiratet hatten. Im Inneren des *Schinkelturms* befand sich ein kleines Museum zu Leuchtfeuern und zur Seenotrettung. Damit kannten sich Lilly und Nikolas seit ihrem Urlaub auf Fischland-Darß-Zingst bestens aus. Deshalb stiegen sie lieber auf den höheren Turm. Von hier oben hatten sie eine fantastische Aussicht über die Insel Rügen. „Habt ihr die Rehe dort unten gesehen?", fragte Mama. „Und seht mal da, am Horizont, da sieht man die dänische Insel Møn. Da waren Papa und ich mal als Studenten. Wunderschön – und es gibt dort fast ebenso tolle Kreidefelsen wie hier auf Rügen."

Obwohl es ein schöner Tag war, wehte auf dem Leuchtturm ein frischer Wind. Lilly und Nikolas waren nicht böse, dass Mama, die sich in großer Höhe nie wohlfühlte, schon bald zurück nach unten wollte. Zurück am Boden, warfen sie einen kurzen Blick auf die Bunker aus DDR-Zeiten, die im Kriegsfall vor giftigen Gasen und radioaktiver Strahlung schützen sollten. Daneben befand sich eine Nebelsignalstation, die ein lautes Warnsignal aussendete, wenn die Schiffe den Leuchtturm aufgrund des Wetters nicht sehen konnten. Ein paar Schritte entfernt stand noch ein kleines Leuchtfeuer, das einst im *Nationalpark Jasmund* Schiffen den Weg gewiesen hatte.

Nun liefen sie an der Steilküste entlang in Richtung Peilturm. „Seht mal", sagte Lilly andächtig, „das blaue Meer und die hellen Kreidefelsen zusammen, das sieht wunderschön aus, oder?" Bewundernd blickte die Familie über die Küste.

„Neben den Türmen gibt es hier am Kap Arkona noch etwas ziemlich Spannendes", erzählte Papa. „Erinnert ihr euch an die Slawenburg in Oldenburg an der Holsteinischen Ostsee?" Lilly und Nikolas nickten. Dort hatte es ihnen sehr gefallen.

„Hier am Kap Arkona stand vor rund tausend Jahren die Jaromarsburg", fuhr Papa fort. „Sie gehörte den Ranen, einem slawischen Stamm. Im Mittelpunkt stand ein Tempel für Svantevit, den Gott des Krieges und obersten Gott der Ranen. 300 Reiter wurden hier stationiert, um den Tempel zu beschützen und weitere Schätze anzuhäufen. Das Marktzentrum Putgarten gehörte ebenso zur Burg wie der Hafen des heutigen Fischerdörfchens Vitt hier in der Nähe."

Die Kinder lauschten gespannt und Papa erzählte weiter: „Die Tempelburg war rund 400 Jahre lang das religiöse Zentrum der Slawen in ganz Mecklenburg. Doch dann wurde Rügen vom dänischen König Waldemar erobert. Er stürmte die Burg und ließ den Tempel zerstören. Den Schatz nahm er mit. Leider ist heute nur noch rund ein Drittel des Burgwalls erhalten, weil in den letzten Jahrhunderten immer wieder Teile des Steilufers ins Meer gestürzt sind.

Alles, was man noch sieht, ist der halbkreisförmige Hügel dort hinter dem Peilturm. Oh, schaut mal, das hier ist bestimmt Svantevit!“

Kurz vor dem Peilturm stand eine große hölzerne Statue mit vier Gesichtern. Ein Künstler hatte die vier Köpfe des bärtigen Gottes aus einem riesigen Baumstamm herausgearbeitet. „Warum sieht der denn so komisch aus?“, wollte Lilly wissen.

„Die Ranen glaubten damals, dass Svantevit ein Gesicht für jede Himmelsrichtung hat“, erklärte Papa.

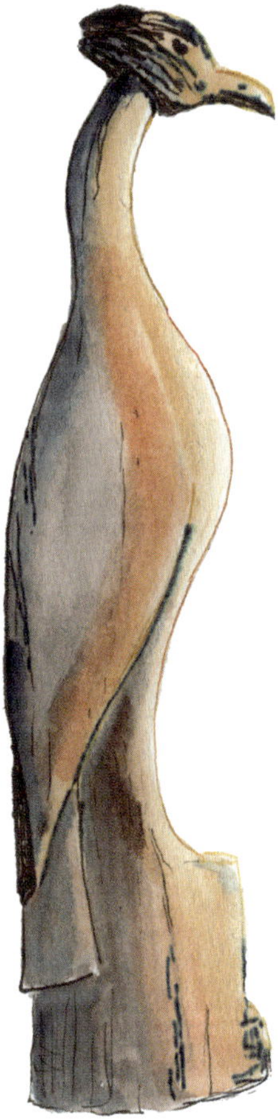

„Ich finde, er sieht ein bisschen aus wie Odin, der Göttervater der Wikinger“, meinte Nikolas.

„Oder wie Wotan, Göttervater der Germanen“, ergänzte Papa. „Und genau diese Bedeutung hatte Svantevit auch für die Slawen.“

Das Kunstmuseum und das Atelier im Peilturm reizten die Kinder nicht besonders, darum liefen sie noch ein Stückchen weiter Richtung Vitt. Am Wegesrand entdeckten sie eine weitere Skulptur aus Holz. Es war ein gewaltiger Vogel, der über die Ostsee blickte. „Was ist das für ein Vogel?“, fragte Lilly neugierig.

„Ich vermute, das ist ein Kranich“, sagte Papa. „Die Region um Rügen, Hiddensee und Fischland-Darß-Zingst ist im Frühling und Herbst einer der wichtigsten Rastplätze für Kraniche in ganz Europa. In manchen Jahren werden über 70.000 Vögel gezählt, das bedeutet, dass sich jeder zweite Kranich hier ausruht.“

„70.000?", fragte Lilly nach. „Das sind ja wirklich viele. Und wo sind die Kraniche im Sommer und im Winter?"

„Den Sommer verbringen die meisten Kraniche in Skandinavien, viele bleiben aber auch in Mecklenburg-Vorpommern. Sie kehren jedes Jahr zu denselben Plätzen zurück, um zu brüten. Im Winter fliegen die Vögel dann in den Süden. Hier in Mecklenburg-Vorpommern machen die Tiere, die den Sommer in Skandinavien verbracht haben, unterwegs eine Pause, um Kraft für den Weiterflug zu sammeln. Nachts ruhen sie sich im Bodden aus. Mit ihren langen Beinen stehen sie im flachen Wasser sicher vor Raubtieren. Tagsüber fliegen sie zu Futterplätzen und fressen sich vor allem an Körnern, Insekten und Wurzeln satt. Damit die Kraniche nicht die Neusaat der Bauern vernichten, gibt es seit einigen Jahren sogenannte Ablenkfütterungsflächen, wo die Kraniche sich in Ruhe satt essen können."

„Sind Kraniche eine bedrohte Art?", wollte Nikolas wissen.

„Es gibt 15 Kranicharten weltweit und die meisten von ihnen sind bedroht, aber unser europäischer Graukranich zum Glück nicht mehr.

Damit das so bleibt, ist er weiterhin geschützt und das Betreten von Brutgebieten, Nahrungs- und Sammelplätzen verboten."

Das Buch, das Papa am Morgen gelesen hatte, hatte ihn offenbar beeindruckt, denn er war kaum zu bremsen, aber die Kinder fanden interessant, was er erzählte: „Kraniche sind berühmt für ihre wunderschönen Tänze. Und sie können wahnsinnig hoch und weit fliegen – bis zu 4.000 Meter hoch und 2.000 Kilometer am Stück. Von Weitem sieht der Graukranich so ähnlich aus wie der Graureiher oder der Weißstorch, aber er ist deutlich größer. Am Himmel kann man ihn an seinem langen, vorgestreckten Hals erkennen. Und seine Beine sind so lang, dass sie im Flug den Schwanz weit überragen. Kraniche gelten fast überall auf der Welt als Glücksvögel und in vielen Ländern sogar als heilig."

„Kraniche im Bodden haben wir doch schon mal beobachtet, oder?", glaubte sich Nikolas zu erinnern.

„Ja, das war vor zwei Jahren, als wir im Oktober auf Hiddensee waren", bestätigte Papa. „Ich habe damals tolle Fotos gemacht." Papa war von Beruf Fotograf bei einer Zeitung und war immer glücklich, wenn er auch im Urlaub schöne Bilder machen konnte. „Und heute will ich auch noch ein bisschen fotografieren. Lasst uns weiterfahren, die berühmtesten Kreidefelsen auf Rügen ansehen!"

DIE KREIDEFELSEN VOM KÖNIGSSTUHL

20 Minuten später stellten sie das Auto auf einem riesigen Parkplatz in der Nähe des kleinen Ortes Hagen ab. Von hier aus brachte sie ein Bus in den *Nationalpark Jasmund*. „Der weiße Felsen namens *Königsstuhl* und die alten Buchenwälder hier gehören zum Weltnaturerbe der UNESCO, also zu den schönsten, unberührtesten und bedeutendsten Naturregionen der ganzen Welt", erzählte Papa.

Der Bus hielt vor dem *Nationalpark-Zentrum*, doch Mama lotste sie daran vorbei. „Ich will euch die berühmteste Aussicht auf Rügen zeigen, die *Victoria-Sicht*", sagte Mama. „Kaiser Wilhelm I. hat sie im Anschluss an einen Morgenspaziergang nach seiner Schwiegertochter, der englischen Kronprinzessin Victoria, benannt."

Schon nach drei Minuten waren sie auf dem *Königsstuhl* angekommen. Die *Kreidefelsen* sahen ganz anders aus als auf dem Bild des berühmten Malers Caspar David Friedrich, von dem ein Druck bei Oma und Opa im Wohnzimmer hing. Aber der Anblick war trotzdem wunderschön. Sie befanden sich etwa 120 Meter über der Ostsee. Links ragten weiße Felsen, umgeben von grünen Buchen und Sträuchern, in das unglaublich blaue Meer. Ein Fischkutter schaukelte direkt unter ihnen, am Horizont fuhr ein großes Schiff vorbei. Auf der rechten Seite waren die Felsen eher grau als weiß, aber trotzdem imposant.

„Es ist noch schöner, als ich es mir vorgestellt habe“, schwärmte Mama und der Rest der Familie nickte andächtig. Nachdem sie sich an der fantastischen Aussicht sattgesehen hatten, gingen sie ins Besucher-Zentrum. Eine spannende Erlebnisausstellung zeigte ihnen unter anderem, wie die Kreidefelsen vor 69 Millionen Jahren, also noch während der Zeit der Dinosaurier, entstanden waren. Die Kreide bestand aus den Kalkresten winziger, einzelliger Lebewesen, die das Meer früher bevölkerten, das sich einst zwischen Südschweden und dem Harz befunden hatte.

Lilly und Nikolas sahen die Urzeitbewohner des Kreidemeeres vorbeischwimmen und berührten einen echten Gletscher. Mit der Maus Mimi und dem Raben Krax spazierten sie über den Meeresgrund der heutigen Ostsee, entdeckten die kleinsten Lebewesen zwischen den Grashalmen einer Wiese und besuchten Fuchs und Dachs unter der Erde. Sie streiften durch den nächtlichen Wald, suchten Schutz vor einem Gewitter und flogen im Multivisionskino über die Kreidefelsen und die alten Buchenwälder.

Draußen war es genauso spannend. Lilly und Nikolas eroberten begeistert den Abenteuer-Parcours aus meterhohen Kletterbäumen. „Ich habe eine Idee", sagte Mama, als Lilly und Nikolas genug getobt hatten. „Nicht weit von hier ist der kleine Ort Lohme. Dort soll man angeblich Fossilien am Strand finden können. Wollt ihr euer Glück versuchen?"

Lilly und Nikolas stimmten begeistert zu. Sie hatten gelernt, dass in den Kreidefelsen unzählige Fossilien aus dem einstigen Kreidemeer eingeschlossen waren. Mit jedem Sturm brechen durch die Wucht der Ostseewellen große Stücke aus den Felsen – darum sahen die Kreidefelsen vor rund 200 Jahren, als Caspar David Friedrich sie gemalt hatte, auch noch ganz anders aus. Außerdem hatte er vermutlich an einer ganz anderen Stelle gestanden als sie vorhin. Die versteinerten Reste der einstigen Meereslebewesen werden nach und nach aus der Kreide heraus – und in der Umgebung an den Strand gespült. Also würden sie bestimmt etwas finden.

AUF FOSSILIENSUCHE IN LOHME

Die Familie nahm den nächsten Bus zum Parkplatz. Unterwegs erzählte ihnen Mama, dass die Kreide auf Rügen seit etwa 200 Jahren abgebaut wurde. „Der Abbau war damals ziemlich anstrengend und gefährlich. Die Männer hingen angeseilt in den steilen Kreidebrüchen und schlugen die Kreide mit der Spitzhacke heraus. Heute gibt es von den einst 20 nur noch ein Kreidewerk und der Abbau ist viel einfacher geworden."

„Kommt unsere Kreide in der Schule und die dicke Straßenmalkreide, die wir zu Hause haben, auch von hier?", wollte Lilly wissen.

„Nein, eure Tafel- und Malkreide besteht eigentlich aus einem anderen Material: Gips. Die echte Kreide hier in den Klippen wird für viele andere Sachen verwendet: Man kann damit zum Beispiel Dünger, Porzellan oder Fliesen herstellen. Und manche benutzen sie auch als Heilkreide. Sie soll gut für die Schönheit und Gesundheit sein."

Inzwischen hatten sie den Parkplatz erreicht. Nikolas kaufte vom Rest seines Urlaubstaschengeldes schnell noch einen versteinerten Mosasaurierzahn an einem Fossilienstand – denn Dinozähne fand man bestimmt nicht so einfach am Strand, selbst wenn sie zu einem Wassersaurier gehört hatten.

Sie fuhren nur ein paar Minuten zwischen Rapsfeldern hindurch bis nach Lohme. Der Ort war klein, gemütlich und im Vergleich zu den großen Badeorten eher ruhig. Im Ortszentrum besorgten sie sich leckere

Fischbrötchen und liefen damit Richtung Hafen. Lilly und Nikolas hatten ihre Schaufeln und Eimer dabei.

Als sie den Strand erreicht hatten, machten sich die Kinder sofort an die Arbeit. Geduldig drehten sie einen Stein nach dem anderen um, aber bis auf ein paar kaputte Muscheln ließ sich einfach nichts finden. „Ach Mann, das ist doch blöd. Ich hab langsam keine Lust mehr", ärgerte sich Nikolas.

Als sie gerade aufgeben wollten, zog Lilly einen hellen Stein mit seltsamen Rillen hervor. „Ich glaube, ich hab was gefunden!", jubelte sie.

Stolz liefen sie rüber zu Mama und Papa, die auf einer Decke in der Sonne dösten, und zeigten ihnen ihren Fund.

„Prima!", lobte Papa.

„Der ist wirklich schön", sagte Mama. „Wollen wir uns noch ein paar mehr Fossilien ansehen, die man hier theoretisch finden kann? Oberhalb des Hafens ist ein sehr interessanter Laden namens ‚steinmüller'. Dort kann man uns bestimmt auch sagen, was ihr da gefunden habt."

Da Lilly und Nikolas keine Lust mehr zum Weitersuchen hatten und mit ihrem Fund zufrieden waren, fanden sie Mamas Idee ziemlich gut – jedenfalls so lange, bis sie feststellten, dass es die ganze Zeit über eine steile Treppe bergauf ging. „Ich hoffe, der Laden ist wirklich so interessant, wenn wir uns dafür hier hochschleppen müssen", maulte Nikolas.

Glücklicherweise entschädigte ihn, oben angekommen, der Anblick von Hühnergöttern, verschiedensten Fossilien und Bernsteinen angemessen. Es gab auch jede Menge Schmuck und andere schöne Dinge aus den unterschiedlichsten Gesteinsarten. Mama kaufte sich eine Kette, Papa einen Brieföffner mit einem Hühnergott. Lilly und Nikolas bekamen vom Besitzer des Ladens jeder noch einen Donnerkeil geschenkt.

Nikolas zückte sofort das kleine Fossilienbüchlein „Rügens Schätze am Kreidestrand“, das Mama ihnen gekauft hatte, und blätterte die Seiten durch. „Früher glaubten die Menschen, das seien die Reste von Odins Götter-Blitzen. Tatsächlich sind es die zugespitzten Körperenden von tintenfischartigen Lebewesen namens Belemniten“, las er begeistert vor. „Und Lilly, du hast eine Seelilie gefunden, ein wirbelloses Tier, dessen Verwandte heute noch in der Tiefsee leben.“

Auf dem Weg zurück zum Auto fragte Papa: „Wo wir schon beim Thema Fossilien sind – wer hat Lust, morgen in den Dinopark zu fahren?“

Ein zweistimmiges „Ich!“ ertönte. „Gibt es dort auch echte Dinoknochen?“, wollte Nikolas aufgeregt wissen.

„Es gibt sogar echte versteinerte Dinoeier“, versprach Papa.

EIN RASANTER BESUCH IN BERGEN UND EIN UNERWARTETER FUND IM DINOPARK

Am nächsten Morgen konnten Lilly und Nikolas den Ausflug in den Dinopark kaum erwarten. Trotzdem ließen sie es sich nicht nehmen, beim Ausmisten der Pferdeställe zu helfen, auf ihren Lieblingspferden zu reiten und die anderen Hoftiere zu füttern. Mama und Papa genossen es, solange ganz in Ruhe einen zweiten Kaffee trinken zu können. Dann fuhren sie wieder Richtung Ostküste.

Auf dem Weg zum Dinopark durchquerten sie Rügens Hauptstadt *Bergen*. „Zwischenstopp an der *Inselrodelbahn* gefällig?“, fragte Papa grinsend. Er wusste genau, dass Lilly und Nikolas sich das auf keinen Fall entgehen lassen würden.

Die Inselrodelbahn befand sich auf dem Berg Rugard. Früher hatte es hier, wie am Kap Arkona, ebenfalls eine slawische Burg gegeben. Seit etwa 140 Jahren stand an dieser Stelle der berühmte *Ernst-Moritz-Arndt-Turm*, ein Denkmal für den auf Rügen geborenen Dichter Arndt und Wahrzeichen der Stadt Bergen. Drumherum befand sich die *Erlebniswelt Rugard* mit Kletterwald, Naturlehrpfad, Rutschenturm, Minigolf, Gokart – und einer Ganzjahresrodelbahn.

Jauchzend sausten sie alle die 700 Meter lange Strecke entlang einer Waldwiese hinunter. Mama und Papa fuhren allein, Lilly und Nikolas zusammen. Anfangs klammerte sich Lilly ein bisschen ängstlich an Nikolas fest, doch dann genoss sie das Kribbeln im Bauch und rief: „Schneller!“. In irrem Tempo nahmen sie die steilen Abfahrten und engen Kurven. Lilly kreischte vor Vergnügen. „Das war super!“, rief sie glücklich, als sie und Nikolas in ihrem Schlitten über eine lange Schräge wieder hinaufgezogen wurden.

„Noch mal!“, riefen Lilly und Nikolas, als sie wieder oben waren, und Mama spendierte noch eine zweite Fahrt. Lilly und Nikolas wären am liebsten den ganzen Tag weitergefahren, aber Papa erinnerte sie daran, dass sie heute noch woanders hin wollten. Normalerweise hätten Lilly und Nikolas jetzt so lange gequengelt, bis Papa noch eine Fahrt erlaubt hätte, aber sie wollten auch gern in den Dinopark. Darum verschoben sie weitere Fahrten und die anderen Vergnügungen der Erlebniswelt Rugard auf ein anderes Mal und düsten los.

Eine halbe Stunde später begrüßten sie im *Dinosaurierland* zwischen Sagard und Glowe ein paar Dinos, die neugierig ihre Köpfe durch den Zaun und die Wand steckten. Papa bezahlte den Eintritt und zeigte ihnen die versprochenen versteinerten Dinoeier in der Ausstellung. Anschließend gingen sie nach draußen. Sie folgten einem von Bäumen, Sträuchern und Gräsern gesäumten Pfad. Links und rechts des Weges begegneten sie riesigen Haien, Krokodilen und Sauriern aller Arten und Größenordnungen. Viele der Tiere bewegten sich und in der Ferne ertönten unheimliche Geräusche. Genau so stellten sich Lilly und Nikolas einen Waldspaziergang in der Urzeit vor.

„Komm, wir sind Forscher auf einer geheimnisvollen Insel, auf der die Saurier im Urwald überlebt haben", schlug Nikolas vor. Lilly war sofort Feuer und Flamme. Sie bahnten sich mit ihren Ferngläsern einen Weg durchs Gebüsch, auf der Suche nach einer neuen Dinoart. „Die nennen wir dann Nikolosaurus", grinste Nikolas.

„Auf keinen Fall, wir nennen sie Lillysaurus Rex", prustete Lilly.

„Wir treffen uns am Fossiliensuchplatz am Ende", riefen die Eltern, die in Ruhe die Infotafeln durchlesen wollten, den Entdeckern hinterher. „Okay", tönte es um die Ecke, dann waren die Kinder nicht mehr zu hören und zu sehen.

Bald hatten die Geschwister den Tyrannosaurus Rex erreicht und schlichen vorsichtig um ihn herum.

„Er darf uns nicht erwischen, sonst enden wir als Mittagessen“, flüsterte Nikolas seiner Schwester zu. Lilly nickte schweigend und sie gingen fast lautlos weiter.

„Schau, da liegt noch ein versteinertes Ei“, rief Lilly plötzlich. „Das ist aber ziemlich klein.“

„Ja, auch große Dinos sind aus ziemlich kleinen Eiern geschlüpft“, wusste Nikolas.

Lilly bückte sich, um die Oberfläche des braunen Eies zu berühren. Es sah aus wie Marmor. Plötzlich zog sie erschrocken die Hand zurück. „Es ist warm!“

„Was?“, rief Nikolas und legte nun ebenfalls vorsichtig die Hand auf das Ei. „Du hast recht! Aber das kann doch nicht sein. Vielleicht ist es nur eine Attrappe und soll uns täuschen?“, überlegte er.

„Ich glaube, das ist kein Dinoei, das ist ein echtes Ei!“, sagte Lilly. „Aber was für eins? Viele Tiere legen Eier. Die unterschiedlichsten Vögel, Krokodile, Schildkröten ...“

„Ja, das sind alles Nachfahren der Dinos. Also ist das hier irgendwie doch ein kleines Saurier-Ei“, grinste Nikolas.

Da hörten sie ein trompetenartiges Rufen. „Das klang nicht wie einer der Dinos hier“, meinte Nikolas und sah sich um. Hinter einem Busch raschelte es und ein rotbrauner Kopf spähte hervor.

„Ein Fuchs!“, rief Lilly so laut, dass das Tier Reißaus nahm. „Mann, hab ich mich erschrocken!“

„Ich mich auch", gab Nikolas zu. „Einen Fuchs in freier Wildbahn trifft man ja auch nicht alle Tage. Bestimmt hat er das Ei hergebracht."

„Du meinst, er hat es aus einem Nest gestohlen und wollte es fressen?", rief Lilly empört.

„Ja, ich glaube, das machen Füchse so", sagte Nikolas. „Dieses Rufen, das waren bestimmt die Eltern des Kleinen hier. Wir sind uns doch einig, dass das ein Vogelei ist und kein Krokodilei, oder?" Schelmisch grinste er seine Schwester an.

Lilly grinste zurück, wurde dann aber gleich wieder ernst. „Was machen wir denn jetzt? Wenn wir das Ei hierlassen, holt es sich der Fuchs doch noch. Meinst du, wir können es zurücklegen?"

„Wir haben doch keine Ahnung, wo das Nest ist. Und wahrscheinlich wollen es die Eltern gar nicht mehr, weil wir es angefasst haben. Ist das nicht so bei Vögeln?"

Eine Weile herrschte bedrücktes Schweigen. Die Kinder blickten traurig auf das Ei. Plötzlich hob Lilly den Kopf. Ihre Augen blitzten. „Ich habe eine Idee: Wir nehmen es mit und brüten es aus!", verkündete sie.

Nikolas sah seine Schwester an, als wäre sie komplett übergeschnappt.

„Nein, nein!", lachte Lilly. „Ich meinte nicht, dass wir uns draufsetzen und es ausbrüten, sondern dass wir es mit zum Ferienhof nehmen und es dort bei den Hühnern verstecken! Die sind doch ein bisschen dumm, die merken das bestimmt nicht."

„Aber die Eier sammeln wir doch jeden Morgen ein", gab Nikolas zu bedenken.

„Nicht die von Klara. Die darf ihre ausbrüten."

„Du bist ein Genie!", rief Nikolas ehrlich beeindruckt.

Lilly strahlte. Das hatte ihr Bruder noch nie zu ihr gesagt.

„Aber wir dürfen es nicht Mama und Papa sagen. Die finden wieder tausend Gründe, warum das nicht geht, und am Ende stirbt das Küken vielleicht doch noch. Das muss unser Geheimnis bleiben, versprochen?“, fragte Nikolas.

„Abgemacht! Wir brauchen etwas, um das Ei warm zu halten, bis wir es zu den Hühnern bringen können“, überlegte Lilly.

„Ach weißt du, mir ist gerade furchtbar heiß, ich zieh mal meine Jacke aus“, grinste Nikolas. Als das Ei gut in der Jacke verpackt war, liefen sie den restlichen Pfad entlang, vorbei an Mammuts und Steinzeitmenschen. Dann setzten sie sich an den Rand des Fossiliensuchplatzes und Lilly tat so, als würde sie den Sand nach versteinerten Tieren aus der Kreidezeit durchsuchen – gerade rechtzeitig, denn schon kamen Mama und Papa um die Ecke.

„Na, habt ihr etwas gefunden?“, fragte Papa. In diesem Moment zog Lilly erstaunlicherweise einen steinernen Seeigelstachel aus dem Sand.

„Ja!“, strahlte sie.

„Du hast wirklich ein Händchen fürs Fossiliensuchen“, sagte Mama lächelnd. „Erst die Seelilie in Lohme, jetzt ein Seeigelstachel ... Wollt ihr noch weiter buddeln, damit Nikolas auch ein Fossil bekommt, oder wollen wir los?“

„Wir können los“, meinte Nikolas. „Ist schon okay, ich hab ja den Mosasauruszahn.“

Fünf Minuten später fuhren sie durch ein Meer aus goldenem Raps zurück Richtung Ummanz. Als sie Gingst hinter sich gelassen hatten, fragte Mama: „Wollen wir noch bei *Bauer Lange* halten? Da wird heute Rapsöl selbst gepresst – mit einem alten Fahrrad.“

„Och nö, danke", meinte Nikolas, der das Jackenbündel vorsichtig auf dem Schoß hielt und versuchte, es mit den Händen zu wärmen. „Wir wollen lieber zurück zum Ferienhof." Mama blickte überrascht zur Rückbank, zuckte dann aber mit den Schultern und Papa fuhr weiter zum Ferienhof.

Lilly und Nikolas sahen sich erleichtert an. Sie durften jetzt keine Zeit verlieren. Wenn sie das Küken retten wollten, musste es so schnell wie möglich in den Hühnerstall. Und dabei durften sie sich weder erwischen lassen, noch das Ei beschädigen. Kaum waren sie angekommen, sprangen Lilly und Nikolas aus dem Auto. „Wir fahren eine Runde Kettcar und schauen noch mal nach den Tieren!", rief Nikolas den Eltern zu.

„Okay, aber in einer Stunde gibt es Abendessen", sagte Papa. „Mama und ich kochen was Schönes."

„Sollen wir deine Jacke nicht mit hochnehmen?", bot Mama an, als sie sah, dass Nikolas sich mit dem Bündel auf dem Schoß aufs Kettcar setzte.

„Nein, danke!", rief Nikolas und trat ordentlich in die Pedale, bevor Mama noch auf die Idee kam, sich die Jacke einfach zu schnappen. Eine Hand lag auf dem Bündel, mit der anderen versuchte er zu lenken. Lilly sauste hinterher und ließ ihre Eltern mit einem „Tschüüüss!" stehen. Ihr Herz klopfte vor Aufregung doppelt so schnell wie sonst.

Am Hühnergehege angekommen, sahen die Kinder sich vorsichtig um, aber es war weit und breit niemand zu sehen. Die Geschwister wussten, dass der Bügel des Schlosses nicht zugedrückt war und schlichen leise Richtung Hühnerstall. Zum Glück hatten die Hühner vor Kurzem ihr Futter bekommen und waren nun mit Fressen beschäftigt. Darum beachteten sie die Kinder kaum. „Hoffentlich hält der Hahn den Schnabel", flüsterte Nikolas.

Dann hatten sie den Stall erreicht, öffneten die Tür und schlossen sie sogleich wieder. Die Abendsonne fiel durch die Ritzen und spendete gerade noch genug Licht. Klara saß nicht auf ihrem Nest, sondern pickte gerade Körner aus einer Schale am Boden. Nikolas atmete tief durch, nahm vorsichtig das Ei aus der Jacke und näherte sich dem Nest. Das Ei war noch ganz und auch immer noch warm. Lilly schloss die Augen. Sie befürchtete, dass Klara gleich empört losgackern und Nikolas attackieren würde.

Als Lilly die Augen wieder öffnete, stand Nikolas grinsend vor ihr und hielt ihr die Hand zum Einschlagen hin. Klara war so sehr mit ihrem Abendessen beschäftigt gewesen, dass sie nicht mal aufgeblickt hatte, als der Junge das Ei in ihr Nest legte. Kurze Zeit später flog sie zurück in ihre Ecke und setzte sich wieder auf die Eier. Die Kinder, die vor Spannung die Luft angehalten hatten, atmeten hörbar auf. Als sie das Hühnergehege verlassen hatten, fiel Lilly plötzlich etwas ein: „Was ist, wenn die Küken schlüpfen und unser Ei ist noch nicht so weit?“ Fast gleichzeitig rief Nikolas: „Was, wenn unser Küken erst schlüpft, wenn wir schon wieder zu Hause sind?“

„Oh je“, seufzte Lilly. „Wir müssen es Anja und David auf jeden Fall sagen.“

„Aber erst gegen Ende des Urlaubs. Solange haben wir noch die Chance, uns den kleinen Vogel direkt nach dem Schlüpfen unauffällig zu schnappen und ihn zu Mama und Papa zu bringen. Dann sagen wir, wir hätten ihn hier in der Nähe des Spielplatzes gefunden, ganz verlassen und allein. Vielleicht dürfen wir ihn sogar behalten.“

Das war ein guter Plan, fand Lilly. „Okay, dann lass uns jetzt zurückfahren. Morgen früh beim Tiere füttern sehen wir nach, ob sich etwas tut. Und bis dahin kein Wort zu Mama und Papa!“

7.

AUFGEFLOGEN

Am nächsten Morgen ließen Lilly und Nikolas die Eltern wieder ausschlafen und schlichen sich leise hinaus. Beim Versorgen und Streicheln der Schweine, Ziegen und Kaninchen waren die beiden jedoch nicht so richtig bei der Sache. Es zog sie in den Hühnerstall. Doch David und die anderen Kinder ließen sich Zeit.

Endlich war es so weit. Doch im Stall wartete eine böse Überraschung auf sie. Vor Klaras Nest lag ein großes, zerbrochenes Ei. Lilly und Nikolas starrten entsetzt auf den Boden. Zum Glück war dort wenigstens kein totes Küken oder so zu sehen. Es sah eher aus, als wäre Mama beim Backen ein frisches Ei heruntergefallen.

„Was ist das?“, rief David verwirrt. „Wir haben ja Eier in fast allen Farben, aber ein braun geflecktes war noch nie dabei. Außerdem ist es riesig. Wie um alles in der Welt ist dieses Vogelei in Klaras Nest gelandet?“

Lilly und Nikolas sahen sich an. Es führte wohl kein Weg daran vorbei: Sie mussten jetzt die Wahrheit sagen. Lilly kämpfte mit den Tränen. Ihr Traum von einem eigenen Küken lag zerbrochen auf dem Boden und ihr aufregendes Urlaubsgeheimnis war schon nach wenigen Stunden aufgeflogen. Sie war traurig und sie hatte Angst. Im Gesicht ihres Bruders sah sie, dass er das Gleiche fühlte. Nikolas atmete tief durch. „Wir haben es ihr untergeschoben“, bekannte er.

„Was?“, rief David entsetzt.

„Wir haben es verlassen im Dinopark gefunden. Der Fuchs wollte es gerade fressen. Wir haben ihn verscheucht, das Ei warmgehalten und hierher gebracht. Wir wollten das kleine Küken retten“, sagte Lilly zaghaft.

„Aber das könnt ihr doch nicht machen. Dieses Ei kann alle möglichen Keime an sich haben, die unsere Hühner krank machen oder sogar töten könnten!“, rief David empört.

„Das haben wir nicht gewusst! Wir wollten doch nur helfen!“, rief Lilly, der nun die Tränen über das Gesicht kullerten.

„Sonst hätte es der Fuchs gefressen!“, ergänzte Nikolas kleinlaut.

„Entschuldigung!“, sagte Lilly nun reumütig. „Wir wollten nicht, dass euren Hühnern etwas passiert.“

„Das hoffe ich. So etwas dürft ihr nie, nie wieder machen“, meinte David, nun schon etwas versöhnlicher, weil es den Kindern offenbar wirklich leidtat.

„Versprochen!“, sagten Lilly und Nikolas wie aus einem Mund.

Mit hängenden Köpfen liefen sie zur Ferienwohnung zurück. „Was ist denn mit euch los?“, fragte Mama sofort alarmiert, als die Kinder mit traurigen und schuldbewussten Gesichtern vor der Tür standen.

Abwechselnd erzählten sie die Geschichte und Mamas und Papas Gesichter wurden immer ernster. Von Papa gab es ein ordentliches Donnerwetter. Viel schlimmer war aber, wie traurig Mama darüber war, dass die Kinder so wenig Vertrauen zu ihr und Papa hatten. „Wir hätten dem Ei auf jeden Fall geholfen!“, sagte sie. „Ihr wisst doch, dass wir Tiere genauso gern mögen wie ihr!“

Lilly und Nikolas wären vor Scham am liebsten im Erdboden versunken. „Ja, das wissen wir“, sagte Nikolas leise. „Es war nur so spannend, ein Feriengeheimnis zu haben. Wir wollten doch niemandem wehtun.“

Lilly liefen die Tränen über die Wangen. Mama nahm sie in die Arme.

„Hoffen wir, dass die Hühner gesund bleiben, sonst müssen wir uns überlegen, wie ihr den Schaden wiedergutmachen könnt“, sagte Papa.

Lilly und Nikolas waren kreuzunglücklich. Sie würden niemals einem Tier absichtlich wehtun und es sich nie verzeihen, wenn die Hühner auf dem Ferienhof tatsächlich erkranken oder sogar sterben würden. Und dem Ei hätten sie vielleicht wirklich helfen können, wenn sie damit zu Mama und Papa gegangen wären.

Papa ging hinüber zur Rezeption, um mit Anja und David zu sprechen. Als er wiederkam, war sein Gesicht nicht mehr ganz so finster. „Der Tierarzt war kurz da und hat sich das Ei angesehen. Seiner Meinung nach ist es sehr unwahrscheinlich, dass Krankheiten übertragen wurden. Es war übrigens ein Kranichei. Wie ihr wisst, stehen Kraniche unter Naturschutz und die Eier dürfen auf keinen Fall mitgenommen werden.“

Lilly und Nikolas senkten wieder schuldbewusst die Köpfe.

„Eigentlich müssten wir den Ausflug in den *Rügen Park* Gingst, den Mama und ich für heute geplant hatten, nach dieser Aktion streichen, aber ich denke, mit eurem schlechten Gewissen seid ihr genug bestraft. Also ab ins Auto mit euch.“

Auf der kurzen Fahrt dachte Papa laut nach: „Es ist überaus erstaunlich, dass der Fuchs das Ei überhaupt erbeutet hat. Er muss wirklich sehr hungrig gewesen sein, um dieses Risiko einzugehen – und ziemlich schlau.“

„Wieso?“, wollte Nikolas wissen.

„Kranicheltern bauen ihre Nester an gut getarnten, schwer zugänglichen und feuchten Stellen und bewachen sie dann sehr gut. Sie brüten abwechselnd und der Partner bleibt immer in der Nähe. Mit ihren spitzen Schnäbeln verjagen sie fast jeden Räuber."

„Aber warum hat Klara denn das Ei bloß aus dem Nest geworfen?", fragte Lilly traurig.

„David hat mir erzählt, dass Hühner nicht so dumm sind, wie man denkt. Sie lassen sich nicht einfach fremde Eier unterjubeln. Und selbst wenn das Huhn das Kranichei ausgebrütet hätte, hätte es Probleme gegeben. Großvögel lernen das richtige Verhalten von ihren Eltern und bekommen es nicht wie kleinere Vogelarten schon in die Wiege gelegt. Ein von Hühnern ausgebrüteter und von Menschen großgezogener Kranich könnte nie unter seinen Artgenossen leben, nicht mit ihnen in den Süden ziehen und nie einen Partner finden. Er würde sein Leben lang glauben, er wäre ein Huhn – oder ein Mensch. Außerdem könnten die Hühner wiederum Krankheiten auf den Kranich übertragen. Das hat der Tierarzt David gesagt."

All das hatten Lilly und Nikolas natürlich nicht gewusst. Traurig hingen sie ihren Gedanken nach. Die Rettung des kleinen Kranichs hatte ihr schönstes Urlaubserlebnis werden sollen, aber es war alles schiefgegangen. Jetzt waren Anja und David sauer und Mama und Papa enttäuscht. Nikolas seufzte tief.

Ablenkung im Rügen Park Gingst

Der Besuch im *Rügen Park* brachte sie zum Glück auf andere Gedanken. Zunächst fuhren sie eine Runde mit einer kleinen Eisenbahn namens „Emma“ durch den Park und bewunderten die über hundert Miniaturgebäude, die detailgetreu im Maßstab 1:25 nachgebaut worden waren. „Die Modelle würden neben den Originalen ungefähr so aussehen wie Legomännchen neben uns“, erklärte Papa.

Neben wichtigen Sehenswürdigkeiten von der Insel Rügen, entdeckten sie Schlösser, Burgen und Kirchen aus ganz Deutschland, aber auch aus vielen anderen Ländern. Sie sahen das Kolosseum aus Rom, die Freiheitsstatue aus New York, die berühmte Kathedrale Notre-Dame aus Paris und sogar den Koloss von Rhodos, eine gigantische Statue, die vor rund 2.000 Jahren auf der griechischen Insel gestanden haben soll.

Nach der Rundfahrt bummelten sie im schönsten Sonnenschein zu Fuß durch den Park. Lilly und Nikolas durften alle Spielmöglichkeiten und Fahrgeschäfte nutzen sooft sie wollten. Zwar gab es im *Rügen Park* keine spektakulären Achterbahnen mit Loopings, aber genug andere Attraktionen zum Spaß haben. Und nirgendwo gab es lange Schlangen wie in den großen Freizeitparks.

Ausgiebig nutzten sie die rasante Rutsche und die Pferdereitbahn. Am besten gefiel ihnen das Wildwasserrondell, in dem sich kleine Boote wild im Kreis drehten und dabei herrlich spritzten.

„Weil ich jetzt eh schon nass bin, kann ich doch auch mit dem ‚Nautic-Jet' fahren, oder?", fragte Nikolas mit leuchtenden Augen.

„Traust du dich das wirklich?", fragte Lilly skeptisch. Sie hatte beobachtet, wie ein junger Mann mit dem kleinen Boot in einer irren Geschwindigkeit hinabgesaust, ein Stückchen geflogen und dann mit einem riesigen Platsch im Wasser gelandet war.

„Klar trau ich mich! Darf ich?“, bat Nikolas noch einmal die Eltern.

„Ich muss das erstmal ausprobieren“, sagte Papa. Als er nass und lachend aus dem Jet stieg, gab er sein Okay. Aufgeregt stieg Nikolas in das kleine Gefährt und ließ sich rückwärts die Startrampe hochziehen. Er hatte nun doch ein flaues Gefühl im Magen, aber das wich der puren Begeisterung, als er hinabschoss und für einen Moment schwerelos durch die Luft flog.

Papa und Nikolas wechselten sich noch dreimal ab, bevor sie weitergingen. Lilly, die noch zu klein war und sich auch nicht um eine Fahrt mit dem „Nautic-Jet“ riss, war mit Mama schon mal zu dem großen Hüpfkissen vorgegangen. Nikolas gesellte sich nun gern dazu. Zum Glück trocknete die Sonne ihre Kleidung schnell wieder und Papa musste nicht den Rucksack mit den Wechselsachen aus dem Auto holen.

Auf dem Rückweg zum Ferienhof machten sie Station bei Bauer Lange, wo die Kinder an diesem Nachmittag aus frischer Milch Butter selbst herstellen konnten. Abwechselnd drehten Lilly und Nikolas die Kurbel des kleinen, alten Butterfasses. War das anstrengend! Mit etwas Hilfe von Mama und Papa schafften sie es nach einer gefühlten Ewigkeit, einen Klumpen Butter aus dem Fass zu holen.

Bauer Lange schüttete den Klumpen in eine Form und drückte das restliche Wasser heraus. Als er die Form auf einen Teller stürzte, kam ein wunderschönes Butterstück in Form der Sau Rosi heraus. Der Bauer schlug die Butter in ein beschichtetes Papier ein. Stolz nahmen die Kinder das Päckchen entgegen und trugen es vorsichtig zum Auto. Mama nahm noch ein frisches Holzofenbrot und etwas von der hofeigenen Salami mit. Das Abendessen schmeckte allen köstlich. Wider Erwarten war es doch noch ein schöner Tag geworden.

Reise in die Vergangenheit auf dem Museumshof Zirkow und ein schöner Tag in Karls Erlebnis-Dorf

Weil Mama und Papa genau wussten, wie enttäuscht Lilly und Nikolas waren, dass sie dem Ei nicht hatten helfen können, planten sie auch für den nächsten Tag einen Ausflug, der die Kinder gut von ihrem Kummer ablenken würde: Sie wollten nach Zirkow zu *Karls Erlebnis-Dorf*. Die Kinder kannten die Karls-Höfe in Rövershagen, in Warnsdorf bei Lübeck und in Elstal am westlichen Stadtrand von Berlin, aber den auf Rügen hatten sie noch nie besucht.

Vorher wollte Mama gern noch den *Museumshof Zirkow* besuchen. Da Lilly und Nikolas sich nach den gestrigen Geschehnissen nicht zum Tiere füttern und Ponyreiten trauten, konnten sie zeitig frühstücken und direkt danach losfahren.

Der *Museumshof* befand sich im historischen Ortskern von Zirkow. Das niedrige Fachwerkhaus mit dem Schilfdach war wie ein Tor in eine andere Zeit. „Solche Wohnhäuser waren im 18. Jahrhundert typisch für Rügen", erzählte Mama. Es war mit zahlreichen Möbeln und Haushaltsgegenständen aus den letzten 300 Jahren eingerichtet. Die Kinder staunten, wie beengt und einfach das Leben der Bauern früher gewesen war. In den beiden Nebengebäuden standen alte landwirtschaftliche Geräte, darunter auch einer der ersten Traktoren überhaupt.

Das kunterbunte *Karls Erlebnis-Dorf* erschien ihnen nach diesem Ausflug in die Vergangenheit wie eine völlig andere Welt. „Bin ich froh, dass wir heute leben, und nicht wie die Kinder früher schon auf dem Bauernhof mitarbeiten müssen", raunte Nikolas seiner Schwester zu.

Weil das Wetter so schön war, zog es sie nach draußen. Der Spielplatz war ganz nach Lillys und Nikolas' Geschmack. Auch für ältere Kinder gab es hier jede Menge Spaß und Action. Sie flogen mit der Seilbahn und auf riesigen Schaukeln durch die Luft. Sie sausten mit der Kartoffelsackrutsche und der verrückten Reifenrutsche den Hang hinunter. Sie kletterten über zahlreiche Holzbalken und hangelten sich an Seilen entlang.

Auf einem der Hügel, die das Gelände umgaben, stand sogar ein riesiger Kletterturm, den man innen über eine Art Spinnennetz erklimmen konnte. Eine steile Rutsche führte wieder hinunter. Auf dem Hüpfkissen sprangen Lilly und Nikolas um die Wette und matschten auf dem Wasserspielplatz. Lautes Gelächter mischte sich mit platschenden Geräuschen, während sie sich mit Wasserbomben-Katapulten beschossen. Dann statteten sie den niedlichen Meerschweinchen und Ziegen einen Besuch ab.

Mama und Papa saßen derweil entspannt in der Sonne und bereiteten dem lustigen Treiben erst ein Ende, als Papas Magen vernehmlich knurrte. „Gnade! Ich drohe zu verhungern! Bitte erbarmt euch meiner und geht mit mir in der ‚Pfannkuchenschmiede' etwas essen!", flehte Papa sie an. Dazu konnten Lilly und Nikolas nicht „Nein" sagen und erlösten den armen Papa gern von seinen Hungerqualen. Lilly aß einen Eierkuchen mit Vanilleeis, Nikolas mit Marshmallows, Mama mit Spargel und Schinken und Papa mit Würstchen, Gewürzgurken und Röstzwiebeln.

Begeistert erkundeten Lilly und Nikolas anschließend den Indoor-Spielplatz „Tobeland", während Mama und Papa ein wenig durch den Bauernmarkt stöberten und jede Menge leckere Sachen probierten. Gemeinsam sahen sie zu, wie Bonbons und die berühmte Erdbeermarmelade hergestellt wurden. Am Ende schleppten sie vier Tüten mit Säften, Wein, Tee, Marmelade, Senf, Gewürzen, Steinpilznudeln und scharfen Messern zum Auto.

Auf dem Rückweg hielten sie ganz in der Nähe ihres Ferienhofs noch bei *Bauer Kliewe* in Mursewik. Im Gegensatz zu Bauer Lange, der sich vor allem auf die Schweinehaltung konzentrierte, hatte sich Bauer Kliewe auf die Geflügelzucht spezialisiert. Auch dieser Hof war ein Kinderparadies mit Strohburg, Spielgeräten und niedlichen Tieren. „Dürfen wir eine Runde mit dem Traktor mitfahren?“, baten Lilly und Nikolas.

„Nur, wenn ich auch darf“, meinte Papa. Gesagt, getan. Das machte vielleicht Spaß! Das Leben auf dem Bauernhof war heute doch um einiges angenehmer als früher, fanden Lilly und Nikolas. Zumindest, wenn man nicht mitarbeiten musste.

Rügens kleine Schwester Ummanz

Am nächsten Tag wünschten sich Lilly und Nikolas eine Radtour. „Gute Idee!“, fand Mama. „Wir könnten ein bisschen über die Insel *Ummanz* fahren, das ist praktisch Rügens kleine Schwester. Ummanz ist ganz flach, da radelt es sich fast von allein. Es gibt kaum Verkehr und die Rundtour ist nur zehn Kilometer lang. Das schafft ihr mit ein paar Pausen locker.“

Bevor sie losfuhren, pflückten die Geschwister noch einen großen Strauß Blumen für Anja und David. Ihre Entschuldigung wurde sofort angenommen. Allen Hühnern ging es zum Glück gut.

Vorbei an *Bauer Lange* und *Bauer Kliewe*, deren Höfe wie ihr Ferienhof zur Gemeinde Ummanz gehörten, aber nicht auf der gleichnamigen Insel lagen, ging es ein kleines Stück Richtung Westen. Dann hatten sie den Focker Strom erreicht. Eine Brücke führte hinüber auf die Insel Ummanz. Ein kleiner, rot-weiß gestreifter Leuchtturm stand im Hafen am anderen Ufer und schien sie zu begrüßen. Es war ein malerischer Anblick.

Schon hatten sie Waase, den größten Ort der Insel, erreicht. Sie stellten ihre Räder vor der Ummanz-Information ab und besuchten kurz die kleine Ausstellung zum Nationalpark Vorpommersche Boddenlandschaft. Hinter dem alten reetgedeckten Fachwerkhaus befand sich im Stall des ehemaligen Pfarrhofs das Geschäft „Ummanz-Keramik“, in das Mama gern einen Blick werfen wollte. Auch Lilly und Nikolas bestaunten die wunderschönen Gefäße, die Töpfermeisterin Susan Schmorell im hinteren Bereich

des Ladens mit Kranichen, Sanddorn, Libellen und reetgedeckten Fischerhäusern verzierte. Lilly und Nikolas sahen fasziniert dabei zu, wie sie mit einem feinen Pinsel vorsichtig die Farben auftrug, die sich im Brennofen noch einmal verändern würden.

Mama hatte sich sofort in ein Mohnblumen-Muster verliebt und kaufte eine Schale und eine Vase für ihren Küchentisch zu Hause. Gut verpackt in viele Lagen Zeitungspapier, verstaute sie die Schmuckstücke in ihrem Fahrradkorb.

Mama warf einen Blick auf ihre Uhr. „Jetzt sollte auch die *Sankt Marienkirche* geöffnet sein." Gemeinsam gingen sie die paar Schritte bis zur einzigen Kirche auf Ummanz. „Hier befindet sich ein ganz besonderer Schatz: ein wertvoller Schnitzaltar aus Eichenholz, der 1520 angefertigt wurde. Eigentlich war er als Geschenk für die englische Kirche gedacht, aber ein paar wohlhabende Kaufleute haben ihn dann für die Kirche in Stralsund erworben. Von dort wurde er dann wieder verkauft – hierher."

Nikolas gähnte demonstrativ. „Ist schon gut, Mama, wir wissen, dass dir so was gefällt. Geh ruhig rein, wir warten draußen."

„Tut mir den Gefallen und kommt auch mit rein, nur für eine Minute. Ich glaube, die Bilder sind wirklich schön."

Lilly und Nikolas taten ihrer Mutter den Gefallen und mussten zugeben, dass die kunstvoll und detailreich geschnitzten und bemalten Holzbilder wirklich besonders waren. „Sie zeigen nicht nur Szenen aus dem Leben von Jesus, sondern auch aus dem von einem gewissen Thomas Becket", erklärte Mama. „Er war im 12. Jahrhundert ein bedeutender Mann und gut befreundet mit dem englischen König Heinrich II. Sie zerstritten sich aber, und Thomas wurde hingerichtet. Bald darauf bereute der König, was seinem Freund passiert war. Deswegen wurde Thomas nach seinem Tod heiliggesprochen, König Heinrich nannte ihn sogar seinen persönlichen Schutzpatron."

„Meine Güte, wenn Lilly und ich einander jedes Mal, wenn wir uns streiten, gleich hinrichten lassen würden ...", grübelte Nikolas.

Nach einem kurzen Blick auf die sechs farbenprächtigen Gemälde von Jesus und Maria, die mit bunt bemalten Reliefs verzierte Kanzel und die

Decke mit den wunderschönen Ranken und Blättern, verließen sie die Kirche. „Mittagessen?“, fragte Papa, als sie wieder auf dem blumenbewachsenen Kirchhof standen.

Der Rest der Familie nickte und sie gingen hinüber zum Restaurant „Am Focker Strom“. Dort saßen sie gemütlich auf der Terrasse am Ufer und ließen sich den frisch gefangenen Fisch schmecken.

Gestärkt radelten sie weiter am Ufer entlang in den Nachbarort Wusse. Hier legten sie im Garten des „Cafés Zuckerkuss“ direkt am Bodden eine Pause ein. Mama verliebte sich sofort in diesen zauberhaften Ort.

Glücklicherweise hatte die Familie sich zum Mittagessen eine Räucherfischplatte geteilt, also hatten sie noch etwas Platz im Bauch für die köstlichen Kuchen und Torten. Im Laden gab es auch Wein, Schmuck, Spielzeug, Schönes für Haus und Garten, selbstgemachte Marmeladen sowie Blumen und Kräuter. Wenn Papa und die Kinder nicht zum Weiterfahren gedrängt hätten, hätte Mama vermutlich den ganzen Tag im „Zuckerkuss“ verbracht.

MIT DEM SURFBRETT ÜBER DEN BODDEN

Weiter ging die Fahrt Richtung Westküste. Hier lag *Suhrendorf* mit seinem schönen Sandstrand, der im Sommer zum Baden einlud. „Der Ort ist bei Surfern sehr beliebt. Was meint ihr, wollen wir uns auch mal auf ein Surfbrett trauen?", fragte Mama.

Lilly und Nikolas blieb vor Staunen fast der Mund offen stehen. „Auf jeden Fall!", rief Nikolas begeistert. Lilly nickte aufgeregt.

„Heute ist Sonntag, da bietet die Surfschule ‚Ummaii' einen Schnupperkurs für nur 10 Euro pro Person an, bei dem bereits Kinder mit einem Gewicht von mindestens 25 Kilogramm mitmachen dürfen. Das bringt ihr inzwischen beide locker auf die Waage. Wenn es uns gefällt, können wir ja mal einen Urlaub hier in Suhrendorf verbringen und alle gemeinsam richtig Surfen lernen", sagte Papa, der sich mindestens ebenso wie die Kinder darauf freute, zum ersten Mal in seinem Leben auf einem Surfbrett zu stehen.

Surflehrer Tim begrüßte die Familie fröhlich. „Ihr seid heute wohl die Einzigen. Das ist prima, dann haben wir mehr Wasserzeit. Welche Sportarten macht ihr denn sonst so? Hilfreich beim Surfen lernen sind zum Beispiel Segeln und alle Sportarten, die eine gute Balance erfordern, wie Skateboard oder Inliner fahren."

„Inliner fahren können wir", rief Nikolas begeistert.

„Und ich tanze außerdem", fügte Lilly hinzu.

„Das ist super", sagte Tim. „Dann wird es euch bestimmt nicht schwerfallen."

Mama und Papa schauten ein wenig skeptisch, denn sie gingen nur joggen und würden es darum wohl nicht ganz so leicht haben wie ihre Kinder.

Tim nahm sie mit zu dem Holzhaus, in dem die Ausstattung aufbewahrt wurde, und half ihnen, ein großes und ein kleines Brett sowie jeweils ein passendes Segel auf die Wiese am Ufer zu tragen. Dann verbanden sie Brett und Mast.

„Bevor wir uns draufstellen, zeige ich euch erstmal den Bewegungsablauf. Das ist wie tanzen: Schritt zurück, drehen, zack, tüllülü, yeah! Schließlich geht es beim Surfen vor allem darum, gut auszusehen."

Die Familie lachte, aber alle machten fleißig mit und übten den „Surfer-Tanz" wieder und wieder. Als Tim mit ihnen zufrieden war, machten sie die gleichen Bewegungen auf dem Brett nach, wobei sie den Mast festhielten und das Segel mit der Aufholleine zu sich heranholten.

Dann griffen sie das Segel am Gabelbaum, der zum Festhalten und Steuern diente. „Wir haben heute wenig Wind, das ist prima für Anfänger. Bei wenig Wind haltet ihr den Mast und den Gabelbaum mit ausgestreckten Armen fest. Und immer schön den Körper nach vorn drehen."

Dann warf Tim ein Tuch nach oben, um ihnen zu zeigen, aus welcher Richtung der Wind heute wehte.

„Wir müssen mit Rückenwind surfen, oder?", fragte Nikolas.

„Nein, wir surfen quer zum Wind. Lasst uns loslegen", sagte Tim. „Wir suchen euch erstmal ein paar passende Neoprenanzüge raus. Die Ostsee ist noch ein bisschen zu kalt, um sich ohne in die Fluten zu stürzen, obwohl sich das flache Wasser hier ziemlich schnell erwärmt. Nach den drei schönen letzten Tagen haben wir immerhin schon 14 Grad." Lilly und Nikolas kannten,

was Wasser anging, kein zu kalt, aber Mama erschauderte und war dankbar, dass sie nicht im Badeanzug in den Bodden musste.

In die hautengen schwarzen Neoprenanzüge mit den roten Streifen zu schlüpfen, erwies sich als ziemliche Herausforderung. „Ich fühle mich wie eine Wurst in der Pelle", grinste Mama. Gemeinsam trugen sie die Bretter und Segel ins Wasser.

Dann durften sie endlich selbst ins Wasser, das wirklich noch ziemlich frisch war, wie sie an den Händen und Füßen merkten. Blau glitzerte der Bodden in der Sonne und am Horizont war die Nachbarinsel Hiddensee zu sehen.

„Und wenn jetzt eine Böe kommt, fahren wir bis rüber nach Hiddensee", grinste Papa.

„So steht der Wind eigentlich nie. Doch bei stabilem schwachen Wind kann man schon ein ganzes Stück fahren. Aber keine Sorge, irgendwann stößt man wieder auf Land", lächelte Tim.

Nun war Teamarbeit gefragt. Mama und Nikolas hielten die Bretter fest, während Papa und Lilly versuchten aufzusteigen. Es dauerte ein bisschen, bis sie stabil auf den Surfbrettern standen. Dann griffen sie unter Anleitung von Tim langsam die Aufholleine und zogen das Segel nach oben, wobei Papa gleich wieder ins Wasser plumpste. Lilly dagegen schaffte es, das Segel zu greifen, sich gerade hinzustellen und leicht nach hinten zu beugen. Sofort fuhr sie los. Erst nach 30 Metern fiel auch sie ins Wasser. Mit Tims Hilfe zog sie das Brett zurück zur Startposition. Nun war Nikolas an der Reihe, der sich ebenfalls ziemlich geschickt anstellte.

Nachdem Papa es endlich geschafft hatte, in der richtigen Position mit dem Mast in der einen und dem Gabelbaum in der anderen Hand auf dem Brett zu stehen, war er kaum noch zu bremsen und düste gleich an die hundert Meter weit. Tim rannte hinterher und holte ihn zurück. Auch Mama hatte ein paar Startschwierigkeiten, fand dann aber das richtige Gleichgewicht und machte es ihm nach. In der nächsten Stunde wechselten sie sich immer wieder ab, und auch Nikolas schaffte bald locker 30 Meter.

Während sie die Bretter wieder zurücktrugen, erzählte ihnen Tim, dass erfahrene Surfer das Brett natürlich nicht zurückziehen mussten, sondern es schafften, das Segel zu wenden und in die andere Richtung zu segeln. Schon Kinder ab etwa sieben Jahren konnten hier in Suhrendorf Surfen lernen.

Als sie sich aus den Neoprenanzügen gepellt hatten, waren sich alle einig: Surfen macht irren Spaß! Sie verbrachten den Rest des Nachmittags am benachbarten Strand, dann radelten sie das kleine Stück zum „Rügen Surfhostel" in Haide. Hier konnte man nicht nur übernachten, sondern auch im Baumhausrestaurant „Tiki Bar" leckere Pizza und Salate essen. Während sie auf das Essen warteten, erkundeten Lilly und Nikolas den Abenteuerspielplatz mit Piratenschiff und Kinderbaumhaus. Mama und Papa genossen den malerischen Sonnenuntergang über dem Bodden bei einem Cocktail.

Nach dem Essen wurde es langsam dunkel und Mama und Papa wollten sich zügig auf den Rückweg machen. Das würde die längste Strecke für heute werden, aber Lilly und Nikolas waren durch die kurzen Teilstücke, die sie bisher gefahren waren, noch nicht erschöpft.

EINE ZWEITE CHANCE

Also radelten sie gut gelaunt los: Papa voran, dann die Kinder und Mama als Schlusslicht. Papa sang laut und falsch ein Lied der Band „Die Ärzte“: „Es ist egal, was du fährst, solang du nur klärst, es hat ein Rücklicht ...“, als er plötzlich scharf bremste. Nikolas, der über Papas Gesangskünste vor sich hin kicherte, wäre ihm fast hinten reingefahren.

Lilly und Mama traten erschrocken auf die Bremse. „Was ist los?“, fragte Mama besorgt.

„Hier sitzt ein Vogelküken auf der Straße. Ich hätte es fast überfahren“, sagte Papa leise, um das Tier nicht zu erschrecken. „Ich glaube, es ist ein kleiner Kranich.“

Die Kinder und Mama stellten ihre Räder an den Straßenrand und näherten sich langsam. Tatsächlich saß da ein kleines Vögelchen auf der Straße und sah sie erschrocken an, lief aber nicht davon. Es hatte ein flauschiges zimtbraunes Federkleid, einen spitzen, orangefarbenen Schnabel und schwarze Knopfaugen.

„Ob seine Eltern in der Nähe sind?“, überlegte Papa, sah sich suchend um und lauschte. Der Rest der Familie stand still und machte keinen Mucks. Fünf Minuten lang passierte nichts. Der kleine Vogel schien in Schockstarre verfallen zu sein und bewegte sich keinen Millimeter. Kein Rufen oder Rascheln erklang aus dem Gebüsch. Glücklicherweise kam auch kein Auto vorbei.

„Es sieht so aus, als würdet ihr eine zweite Chance bekommen, einen

Kranich zu retten“, sagte Mama. „Aber diesmal machen wir es zusammen, einverstanden?“

Lilly und Nikolas nickten aufgeregt. Mama hatte das Handy herausgeholt und auf dem Ferienhof angerufen. Sie erzählte Anja von ihrem Fund und dass die Eltern des Kleinen weit und breit nicht zu sehen oder zu hören waren. Anja versprach, Tierarzt Dr. Müller zu ihnen zu schicken. Er wohnte ganz in der Nähe.

Wenige Minuten später kam hinter ihnen langsam ein Auto angerollt und blieb in hundert Metern Entfernung stehen, um das Kranichbaby nicht zu verscheuchen. Dr. Müller war groß, schlank, hatte graues Haar und freundliche Augen. „Na, was haben wir denn da?“, fragte er. „Ich bin zwar eher ein Experte für Haustiere, aber das dürfte tatsächlich ein Graukranich sein.“

„Er sitzt schon seit 15 Minuten so am Straßenrand. Seine Eltern haben wir nicht gesehen. Wir hatten Angst, dass er überfahren wird, wenn wir ihn einfach hierlassen, aber wir haben ihn nicht berührt“, erklärte Mama.

„Es herrscht zwar nicht viel Verkehr auf Ummanz, aber Ihre Sorge ist trotzdem berechtigt. Kleine Kraniche kennen die Gefahren ihrer Umgebung noch nicht. Ihre Eltern müssen ihnen erst beibringen, dass man sich von Autos, Fahrrädern und anderen Fahrzeugen fernhalten sollte. Haben Sie vielleicht in der Ferne ein trompetenartiges Rufen gehört?“

„Leider nicht“, sagte Papa.

„Dann sind seine Eltern nicht mehr in der Nähe. Man würde sie mindestens zwei Kilometer weit hören. Vielleicht haben unvorsichtige Wanderer sie aufgescheucht und verjagt. Ummanz ist ein wichtiger Brut- und Rastplatz für Kraniche und andere Vögel. Es gibt ein Seevogelschutzgebiet in Freesenort und eine Kranich- und Seevogelbeobachtungsstation in Tankow. Aber nicht alle Menschen nehmen Rücksicht auf die Tiere. Wir müssen ihn wohl mitnehmen. Ich will ihn nicht den Raubtieren überlassen.“

Dr. Müller holte ein Katzenkörbchen aus seinem Kofferraum und setzte das Küken, das zwar ängstlich fiepte, sich aber problemlos hochnehmen ließ, hinein. „Ich fahre langsam, damit der Kleine nicht so durchgeschüttelt wird. Wenn Sie möchten, können Sie mit den Rädern hinterherfahren. Es sind nur zwei Kilometer.“

„Schafft ihr das noch?“ Mama blickte besorgt auf Lilly und Nikolas, die heute bereits eine für sie ungewohnt lange Strecke geradelt waren.

„Klar schaffen wir das!“, sagte Nikolas energisch und Lilly nickte heftig. Um nichts auf der Welt würden sie jetzt zurück zum Ferienhof fahren.

„Na dann mal los“, sagte Dr. Müller und trug den Korb mit dem verschreckten Vogel zum Auto, während Lilly, Nikolas und ihre Eltern auf ihre Räder stiegen. Wie versprochen, fuhr er im Schritttempo und sie konnten ihm problemlos folgen. Vor einem großen weißen Haus in der Nähe des Boddens hielt er an und trug den Korb zum Seiteneingang. Hier war seine Praxis untergebracht.

Auf einem Metalltisch stellte Dr. Müller den Korb ab und holte den kleinen Kranich heraus. Der wirkte völlig verwirrt und versuchte wegzulaufen. Lilly, Nikolas und ihre Eltern stellten sich dicht um den Tisch, damit er nicht herunterfiel. Lilly und Nikolas tat der kleine Kerl, der seine Eltern verloren hatte und sich nun in einer völlig fremden Umgebung befand, von Herzen leid.

Dr. Müller reichte dem Küken mit einer Pinzette ein paar Mehlwürmer, um sein Vertrauen zu gewinnen und ihn untersuchen zu können. „Ganz fit ist er nicht", sagte der Tierarzt, nachdem er den kleinen Vogel gründlich begutachtet hatte. „Seine Beinchen sind zu dünn, die Haut wirkt etwas ausgetrocknet und der Schnabel höckerig. Vielleicht haben ihn seine Eltern deshalb zurückgelassen. Sie ziehen nur völlig gesunde Küken auf."

Lilly und Nikolas rissen entsetzt die Augen auf. Wie gemein!

„Ja, die Natur kann ziemlich grausam sein, aber letztlich dient das der Arterhaltung“, erklärte Dr. Müller. „Insofern habt ihr alles richtig gemacht, als ihr mich über Anja und David gerufen habt. Der Kleine hätte da draußen nicht überlebt. Hier hat er eine gute Chance, wir müssen ihn nur ein bisschen aufpäppeln. Wollt ihr mir dabei helfen?“, fragte er nun an Lilly und Nikolas gewandt.

„Ja!“, ertönte es wie aus einem Mund. Sie fühlten sich wieder so glücklich und aufgeregt wie vor ein paar Tagen, als sie das Ei gefunden hatten. Den kleinen Kranich großzuziehen, würde bestimmt ein tolles Abenteuer werden.

„Prima. Das bedeutet, wir müssen Insekten für ihn sammeln und ihm auch zeigen, wie das geht. Kraniche sind sehr kluge Vögel und lernen viel durch Beobachten, vor allem in den ersten Wochen ihres Lebens. Ich denke, er ist jetzt etwa zwei Wochen alt. Weil er diese beiden Wochen mit seinen Eltern verbracht hat, weiß er, dass er ein Kranich ist und hat schon viel gelernt. Es besteht also durchaus die Chance, dass er sich im Herbst seinen Artgenossen anschließt. Ich habe Freunde in Brandenburg, denen es gelungen ist, zwei Kraniche erfolgreich aufzuziehen und auszuwildern. Wir geben ihm ein bisschen Zeit, zu Kräften zu kommen und sich an uns zu gewöhnen. Dann gehen wir mit ihm raus auf die Wiese und zeigen ihm, wo es Insekten gibt und wie man sie sich schnappt.“

Lilly und Nikolas strahlten. Doch Papa musste ihre Freude dämpfen: „Ich will ja kein Spielverderber sein, aber in vier Tagen müssen wir wieder nach Hause. Die Schule geht wieder los.“

Das Lächeln auf den Gesichtern der Kinder verschwand. „Allerdings ist in sechs Wochen Pfingsten, da haben wir noch nichts vor. Und in drei

Monaten beginnen die Sommerferien", überlegte Mama und warf Papa einen fragenden Blick zu. Der nickte. „Abgemacht. Wir kommen bald wieder und dann könnt ihr Dr. Müller ein paar Tage lang helfen, für den kleinen Kranich zu sorgen. Wir wollten im Sommer ohnehin noch mal ein paar Tage herkommen, um die Störtebeker-Festspiele zu besuchen. Dann kommen wir eben noch einmal mehr."

„Danke!", jubelten Lilly und Nikolas und umarmten Mama und Papa stürmisch. Der Arzt lächelte.

„Habt ihr denn eine Idee, wie der Vogel heißen soll?", fragte er die Kinder.

„Laran", sagte Nikolas wie aus der Pistole geschossen. Lilly sah ihn überrascht an, fand die Idee aber großartig.

„Oh, wie der Adler von Störtebeker", sagte Dr. Müller. „Ein guter Name für einen so schönen und stolzen Vogel. Und jetzt schlage ich vor, ihr fahrt zurück zum Ferienhof und schlaft euch aus. Morgen könnt ihr vorbeikommen und nach dem Kleinen sehen."

EIN NEUER FREUND

Die nächsten drei Tage vergingen wie im Flug. Das Kranichküken schlief viel in der Kiste mit Vogelsand, die Dr. Müller ihm bereitgestellt hatte. Wenn es wach war, folgte es Dr. Müller und seiner Frau durchs ganze Haus: in die Küche, ins Wohnzimmer, ins Büro und sogar nachts mit ins Schlafzimmer.

Marianne Müller und Laran hatten sofort Freundschaft geschlossen. Gemeinsam mit den Kindern erkundeten sie die Apfelbaumwiese hinter dem Haus, damit Laran üben konnte, selbstständig nach Futter zu suchen. Weil kleine Kraniche darin meist noch wenig erfolgreich sind, füttern die Eltern ständig zu.

Geduldig fingen die Kinder ihrem Schützling Regenwürmer, Raupen, Grashüpfer, Fliegen, Spinnen und Käfer. So gewannen auch sie schnell sein Vertrauen.

Laran kam bald freiwillig zu ihnen, wenn sie ihn mit einem Leckerbissen lockten.

Der kleine Vogel ging jedoch noch ziemlich ungeschickt mit seinem langen Schnabel um. Er ließ die Insekten immer wieder fallen und versuchte, sie dann umständlich wieder aufzuheben. So manches Krabbeltier nutzte die Chance zur Flucht. Dr. Müller war trotzdem zufrieden, weil das Vogelkind täglich zunahm.

Am Abend lasen Lilly und Nikolas auf dem Balkon der Ferienwohnung in dem Kranichbuch des Naturfotografen Rico Nestmann, das Papa ausgeliehen hatte, um mehr über diese wunderbaren Vögel zu erfahren.

„Es war wirklich ein Glück, dass Laran wenigstens zwei Wochen mit seinen Eltern verbringen und von ihnen lernen konnte“, erzählte Papa Mama beim Frühstück. „Kraniche sind anders als Störche oder Kleinvögel sehr familienbezogen. Sie bleiben mit ihren Eltern so lange wie möglich zusammen, fliegen gemeinsam mit ihnen in den Süden und auch wieder zurück ins Brutgebiet. Erst wenn die Eltern wieder mit der Balz beginnen, vertreiben sie die Jungvögel, die sich dann zu sogenannten Junggesellengruppen zusammenschließen. Aber auch ein kräftiger Jungvogel ohne Eltern kann es schaffen."

„Dr. Müller wird in einigen Wochen farbige Ringe an seinem Bein befestigen. Die sind wie eine Erkennungsmarke", ergänzte Nikolas. „Dann wissen wir dank der vielen freiwilligen Kranichbeobachter überall in Deutschland und Europa immer, wo er ist, wenn er sich dem Vogelzug in den Süden anschließt."

Bevor Lilly und Nikolas nach Hause fuhren, nahmen Dr. Müller und die Kinder den Vogel mit zu einem letzten gemeinsamen Spaziergang über die Streuobstwiese. Schon bald erspähte Laran einen dicken Regenwurm. Vorsichtig zog er ihn aus der Erde, schüttelte ihn ein paarmal und ließ ihn in seinem Schnabel verschwinden. „Das hast du toll gemacht, Laran", lobte Lilly.

Nikolas jagte derweil hinter ein paar Grashüpfern her. „Die Biester sind aber auch schnell!", schimpfte er.

Die Kinder konnten kaum glauben, dass ihr Urlaub auf Rügen sich nun dem Ende zuneigte. Die Ferien auf der Insel waren wie im Flug vergangen und nun war es an der Zeit, dem liebgewonnenen Kranich auf Wiedersehen zu sagen.

Es fiel Lilly und Nikolas unsagbar schwer, sich von Laran zu verabschieden. Nur das Wissen, dass der Doktor und seine Frau sich gut um das Küken kümmern würden und dass sie bald wieder herkommen konnten, tröstete sie. Mama und Papa hatten schon weitere Urlaubstage auf dem Ferienhof für die Pfingsttage gebucht.

Zur Ablenkung machte die Familie auf dem Heimweg noch einen Abstecher nach Putbus. Die „Weiße Stadt“ wurde ihrem Namen mehr als gerecht. Im Zentrum reihten sich unzählige schöne alte Gebäude mit weißen Fassaden aneinander. „Die stammen aus der Zeit, als Putbus die Residenzstadt der Grafen und Fürsten Rügens war“, berichtete Mama. „Das Schloss gibt es zwar leider nicht mehr – wobei es möglicherweise wieder aufgebaut werden soll – aber wir können den *Schlosspark* besuchen.“

Der Vorschlag wurde sofort angenommen, denn der riesige Park hatte tolle Spielplätze, Wildtiere und bequeme Liegen zu bieten. Nach einem ausgiebigen Spaziergang kehrten sie zum Essen in die „Jägerhütte“ ein, dann traten sie die Heimfahrt an.

KRANICHREISE DURCH EUROPA IM KRANICH-INFORMATIONSZENTRUM GROß-MOHRDORF

Endlich hatte das Pfingstwochenende begonnen. Noch nie war Lilly und Nikolas die Fahrt nach Rügen so lang vorgekommen. Sie konnten es kaum erwarten, ihren kleinen Kranich wiederzusehen. Obwohl Mama und Papa ihnen erlaubt hatten, während der Fahrt „Ice Age" anzusehen, rutschten die Kinder die ganze Zeit unruhig auf ihren Kindersitzen hin und her. „Ob es Kraniche wohl schon in der Eiszeit gab?", überlegte Nikolas.

„Ich habe keine Ahnung, aber das werden wir gleich herausfinden", sagte Mama auf dem Beifahrersitz und holte ihr Handy aus der Handtasche. Nach ein paar Minuten hatte sie gefunden, wonach sie gesucht hatte: „Wow, Kraniche wurden bereits im sogenannten Eozän nachgewiesen, das war vor 56 bis 34 Millionen Jahren. Damit dürften sie ziemlich direkte Nachfahren der Flugsaurier sein." Lilly und Nikolas machten große Augen.

„Ich weiß, dass ihr so schnell wie möglich zu Laran wollt, aber wenn ihr euch perfekt um ihn kümmern wollt, wäre es gut, wenn ihr noch etwas mehr über Kraniche wüsstet", sagte Papa nun. „Ich würde gern einen kleinen Abstecher nach Groß-Mohrdorf machen, das ist 14 Kilometer nordwestlich von Stralsund. Dort befindet sich das *Kranich-Informationszentrum*. Es ist nur ein kleiner Umweg und der Eintritt ist sogar frei."

„Muss das sein?", beschwerte sich Nikolas. „Wir wollen lieber direkt zu Laran fahren." Aber Papa bestand auf diesem kleinen Ausflug.

Eine halbe Stunde später mussten Lilly und Nikolas zugeben, dass sich der Weg gelohnt hatte. Im Kranich-Informationszentrum erwartete sie eine interessante Ausstellung mit Schautafeln und Tierpräparaten. Darunter waren ein Kranichpaar mit einem Küken, das sie sehr an Laran erinnerte, aber auch natürliche Feinde der Kraniche, wie Fuchs und Seeadler.

Beim Picken von Maiskörnern mit einer Pinzette konnten die Kinder ausprobieren, wie geschickt Kraniche mit ihrem Schnabel umgehen. Das war gar nicht so einfach. „Wären wir Kraniche, würden wir mit unserem Geschick wahrscheinlich verhungern", grinste Nikolas.

Besonders gefiel der Familie der Film „Kranichreise durch Europa" mit seinen beeindruckenden Bildern. Sie lernten die wichtigsten Kranichplätze Europas kennen und sahen, was auf Laran warten würde, wenn er sich entschloss, mit den anderen Kranichen in den Süden zu ziehen.

Die meisten Kraniche überwintern in Westspanien. Hier suchen die Vögel in Eichenwäldern nach den Früchten der Kork- und Steineiche.

Die Kinder erfuhren, wie die Markierungen und die kleinen Peilsender, die manche Kraniche auf dem Rücken trugen, den Wissenschaftlern halfen, diese einzigartigen Tiere zu erforschen und ihren Lebensraum zu sichern.

Sie hörten von den ehrenamtlichen Kranichrangern, die hier in der sogenannten Rügen-Bock-Region dafür sorgten, dass die Besucher die rastenden Kraniche beobachten konnten, ohne sie zu stören.

Dafür musste man teilweise mehr als 300 Meter Abstand halten, denn jedes Auffliegen der Kraniche verbrauchte Energie – und die benötigten die Vögel dringend für ihren langen Weg in den Süden. Wenn alle Vögel den Kopf hoben, war das ein Warnsignal, dass sie bei der nächsten Störung davonfliegen würden.

Während Lilly und Nikolas die vielen kunstvoll gefalteten Papierkraniche bewunderten, unterhielt sich Papa mit einer Mitarbeiterin über die besten Beobachtungsplätze im Herbst. Außer hier an der Küste gab es solche Plätze auch an anderen Orten in Mecklenburg-Vorpommern, in Brandenburg und in Niedersachsen.

„Wenn wir Laran im Herbst noch einmal besuchen, würde ich gern den Kranichrastplatz in Tankow auf Ummanz besuchen. Dort gibt es auch eine Beobachtungsplattform, die von den Kranichrangern betreut wird", sagte Papa zum Rest der Familie und nahm sich eine der Broschüren. „Hier steht, man soll unauffällige, warme Kleidung tragen, ein Fernglas und eine gute Kamera mitbringen. Man muss natürlich leise sein und darf nicht mit Blitzlicht fotografieren. Na das sollten wir hinkriegen."

„Kraniche lassen sich auch sehr gut aus dem Auto beobachten. Wenn man in der Nähe Kraniche auf einem Feld sieht und an einer sicheren Stelle anhalten kann, lohnt es sich, ruhig zu warten, dann nähern sich die Kraniche teilweise auf unter hundert Meter", riet ihnen die Kranichexpertin.

Mama hatte inzwischen herausgefunden, dass der „Kranichschutz Deutschland", der das Informationszentrum betrieb, und noch viele weitere Aufgaben hatte: „Sie schaffen neue Brutplätze, führen Ablenkungsfütterungen durch, damit die Kraniche nicht die Felder plündern, und bilden neue Kranichranger aus. Sie sorgen aber auch für Infotafeln in den Rastgebieten, beringten die Kraniche oder statteten sie mit Sendern aus, um ihr Verhalten zu erforschen. Außerdem beraten sie Behörden, damit die Landschaft möglichst umwelt- und tierfreundlich gestaltet wird. Darum gibt es heute gibt es wieder viel mehr Kraniche in Deutschland als noch vor 30 Jahren."

„Ich schlage vor, auch wir unterstützen den Kranichschutz und nehmen ein paar der schönen Sachen aus dem Shop mit“, meinte Papa lächelnd. „Ich hätte gern ein paar Broschüren, ein Notizbuch und einen Kalender fürs nächste Jahr. Und ich könnte mir vorstellen, dass unsere Kinder vielleicht gern Papierkraniche, ein Buch und T-Shirts hätten.“

„Au ja!“, riefen Lilly und Nikolas begeistert.

DER KLEINE KRANICH NIMMERSATT

„Wie groß will er denn noch werden?“, staunte Lilly, der Laran inzwischen fast direkt in die Augen sehen konnte. Mit dem Küken von vor sieben Wochen hatte er fast keine Ähnlichkeit mehr und die Kiste war längst zu klein geworden. Der Tierarzt hatte in seinem großen Garten ein Gehege für ihn gebaut. Dort verbrachte Laran aber nur die Nacht. Tagsüber folgte er Dr. Müller oder seiner Frau weiterhin durch Haus und Garten, denn Kraniche sind nicht gern allein. Jeden Morgen, Mittag und Abend ging das Ehepaar mit seinem Schützling spazieren, inzwischen nicht mehr nur auf der Streuobstwiese, sondern auch über die Wiesen und Felder der Nachbarschaft.

Lilly und Nikolas kamen genau pünktlich zum Abendspaziergang. Dr. Müller zog mit den Kindern und dem Kranich los, während Frau Müller das Abendessen zubereitete, zu dem heute auch Lilly, Nikolas und ihre Eltern eingeladen waren.

„Kraniche werden rund 1,20 Meter groß und haben eine Flügelspannweite von bis zu 2,45 Metern. Laran hat mit seinen etwa neun Wochen schon fast seine endgültige Größe erreicht“, erzählte Dr. Müller ihnen unterwegs. „Er macht bereits die ersten Flugversuche und schafft es manchmal, schon ein kleines bisschen vom Boden abzuheben. Danach ist er immer ganz aufgeregt und fröhlich. Nur am Federkleid erkennt man noch deutlich, dass er ein Kranichkind ist. Die silbergrauen Federn, die schwarz-weiße Halszeichnung und die rote Kopfplatte bekommt er erst später.“

Die Geschwister staunten, wie geschickt Laran beim Fangen von Insekten geworden war. Komplette Schnecken mit Gehäuse, Spinnen, Grashüpfer und Regenwürmer verschwanden in Windeseile in seinem Schlund. „Man sieht richtig, wie die Brocken seinen Hals hinunterwandern“, sagte Nikolas lachend. Laran entfernte sich nie sehr weit von den Kindern und Dr. Müller, vor allem auf dem Feld, wo er noch nicht ganz über die Halme schauen konnte.

Plötzlich stieß Dr. Müller einen komischen Schrei aus und hockte sich ins Getreide. Laran machte es ihm nach. „Da ist ein Adler und für den ist so ein kleiner, flugunfähiger Kranich eine willkommene Beute“, erklärte Dr. Müller den verwirrten Kindern. „Er weiß zwar instinktiv, dass Raubvögel am Himmel Gefahr bedeuten und er sich verstecken soll, aber wie seine Eltern es tun würden, halte auch ich ihn dazu an. Durch sein Gefieder ist er gut getarnt.“

Da krochen auch Lilly und Nikolas zu den beiden zwischen die Halme und ließen sich von Dr. Müller noch ein paarmal den Schrei demonstrieren, damit sie ihn nachmachen konnten, wenn sie allein mit Laran unterwegs sein würden. „Wenn Fahrzeuge oder Fußgänger vorbeikommen ist er von ganz allein fluchtbereit, aber auf die Raubvögel achtet er noch nicht genug“, erklärte Dr. Müller.

Es war ein warmer Frühlingstag und als sie zurückkehrten, hatte Frau Müller den Tisch auf der Terrasse gedeckt. Mama und Papa, die in der Zwischenzeit das Gepäck in die Ferienwohnung gebracht hatten, saßen gemütlich in der Abendsonne und tranken Frau Müllers selbst gemachte Zitronenlimonade. Die Kinder und Dr. Müller setzten sich dazu und Laran ließ sich in der Nähe nieder.

Während sie aßen, erhob sich der Vogel plötzlich und stakste mit seinen langen Beinen über die Wiese hin zu einer alten Zinkbadewanne. Voller

Freude stürzte er sich ins Wasser, plantschte, tobte und tauchte, dass es nur so spritzte. „Ist das süß!", rief Lilly begeistert und Nikolas kringelte sich vor Lachen über den badenden Vogel. Auch die Erwachsenen mussten über das Spektakel schmunzeln.

Beim Abendessen auf der Terrasse klaute der Vogel Lilly frech das Brot vom Teller, aber er sah dabei so komisch aus, dass sie ihm gar nicht böse sein konnte.

HÜHNERHERZEN FÜR LARAN

Am nächsten Morgen gingen Lilly und Nikolas zunächst zu Anja und David. Zum Glück waren alle Hühner gesund geblieben und das Paar hatte ihnen längst verziehen. Von Lillys und Nikolas' Eltern waren sie bestens über ihr neues Kranich-Abenteuer informiert worden und voller Bewunderung für das Ehepaar Müller und die Kinder.

Die Kinder halfen bei der Pferdepflege und dem Füttern der Hoftiere und erzählten noch einmal begeistert von ihrem gestrigen Besuch bei Laran. Nach dem Frühstück stiegen sie gemeinsam mit Mama und Papa auf ihre Räder und fuhren zu Dr. Müller. Die Eltern hatten mit den Müllers besprochen, dass die Kinder die kommenden Tage dort mit Laran verbringen würden, während sie in Suhrendorf einen zweitägigen Anfänger-Surfkurs machen würden.

Die erste Aufgabe für Lilly und Nikolas war der Morgenspaziergang mit Laran. Dr. Müller hatte ihnen aufgetragen, dabei möglichst viele Schnecken zu sammeln, denn die Gehäuse lieferten dem Vogel wichtiges Kalzium für seine Knochen. „Die langen, dünnen Beine sind der schwache Punkt der Kraniche und gerade jetzt in der Wachstumsphase kann ein Mangel an Vitaminen und Mineralstoffen tödlich für Jungvögel sein."

Das wollten die Kinder natürlich auf keinen Fall und versprachen, massenhaft Schnecken zu sammeln. Sie nahmen eine Decke und den von Mama liebevoll gepackten Picknickrucksack mit und machten es sich nach

einer Weile auf einer großen Wiese gemütlich. Laran setzte sich dicht neben sie auf die Decke und döste in der Sonne, während Lilly und Nikolas in den Broschüren aus dem Kranich-Informationszentrum blätterten. Erst am Nachmittag kehrten sie zurück, mit einem Korb voller Schnecken.

„Vielen Dank!", sagte Dr. Müller. „Ich habe noch eine Bitte an euch: Wenn ihr morgen früh herkommt, fahrt ihr dann bitte bei Bauer Lange vorbei und bringt Hühnerherzen mit? Der Hof verkauft im Restaurant viel Hähnchen, da sollten einige Herzen für unseren Kranich übrig bleiben. Laran wird zwar immer geschickter bei der Jagd, aber von den Insekten allein wird er nicht mehr satt. Auch die Haferflocken, Kartoffeln und Brötchen, die wir ihm zusätzlich geben, genügen nun offenbar nicht mehr." Lilly zuckte kurz zusammen, aber wenn die Hähnchen ohnehin geschlachtet wurden, um von den Menschen gegessen zu werden, warum sollte Laran dann nicht das, was übrig blieb, essen?

Am nächsten Morgen stiegen Lilly und Nikolas wieder mit Mama und Papa auf ihre Fahrräder und düsten los. Tatsächlich waren für den beliebten Bierhähnchen-Abend schon etliche Hühner geschlachtet worden und Bauer Lange konnte ihnen ihren Wunsch sofort erfüllen. „Für einen kleinen Kranich braucht ihr die Herzen? Na, da helfe ich doch gern“, sagte er und drückte Nikolas eine Tüte mit rotbraunen, feucht aussehenden Stücken in die Hand, ohne Geld dafür zu wollen. Die Kinder bedankten sich überschwänglich und radelten hinüber auf die Insel Ummanz.

„Na dann schauen wir doch mal, was unser junger Freund dazu sagt“, meinte Dr. Müller. Er wusch ein Herz ab, legte es auf einen Teller und stellte diesen vor Laran. Der Vogel beäugte das komische neue Futter zunächst etwas skeptisch und verschlang es schließlich mit einem Happs. Und dann gleich noch eins. „Da scheinen wir wohl seinen Geschmack getroffen zu haben“, lachte Dr. Müller. Lilly und Nikolas konnten zwar die Vorliebe des kleinen Kranichs für Hühnerherzen nicht so recht nachvollziehen, aber sie freuten sich, dass es ihm offensichtlich schmeckte.

Lilly und Nikolas streiften wieder viele Stunden mit Laran durch die Felder und ermunterten ihn bei seinen Flugversuchen, bis Mama und Papa sie am späten Nachmittag abholten. Das Surfen hatte ihnen offenbar riesigen Spaß gemacht, und sie waren bestens gelaunt.

Am frühen Abend fuhr die Familie mit der *Wittower Fähre* in den Norden der Insel. Hier bummelten sie ein bisschen am Hafen von Wiek entlang und gönnten sich ein Eis. „Jetzt zeige ich euch den schönsten Sonnenuntergang auf Rügen“, versprach Mama.

Sie lotste Papa zum Campingplatz „Heidehof“, wo sie das Auto abstellen konnten. Dann ging es zu Fuß weiter zum *Bakenberg*. Eine lange

Treppe führten hinunter zum herrlichen Sandstrand. Die tief stehende Sonne tauchte die Steilküste in ein wunderschönes, orange-rosafarbenes Licht, das Meer war jetzt eher silbern als blau. Papa holte eine Flasche Limo und vier Becher aus seinem Rucksack, Mama eine Decke aus ihrem. Gemeinsam genossen sie den Anblick, bis es doch ein wenig zu frisch wurde.

Da um diese Uhrzeit keine Fähre mehr fuhr, nahmen sie zurück den Weg über Juliusruh und kehrten am Hafen von Breege in einem netten Restaurant zu einem späten Abendessen ein.

Am nächsten Tag hieß es leider schon wieder Abschied nehmen. Lilly und Nikolas gingen noch einmal mit Laran und Dr. Müller über die Felder. Diesmal flog eine kleine Gruppe Kraniche über sie hinweg. Laran blieb stehen, lauschte und sah ihnen nach. „Ob er weiß, dass er eigentlich zu ihnen gehört und nicht zu uns?“, überlegte Nikolas.

„Wahrscheinlich. Und eines Tages wird er sich ihnen hoffentlich anschließen. Auch wenn wir ihn vermissen werden, wünsche ich ihm doch, dass er ein normales Kranichleben in Freiheit genießen kann“, sagte Dr. Müller. Lilly und Nikolas nickten.

Mit einem leisen Flöten begrüßte Laran die große Wiese hinter den Feldern am Bodden. „Er weiß, dass es hier jede Menge Leckereien für ihn gibt“, sagte Dr. Müller. Doch plötzlich nahm der Wind zu und dunkle Wolken zogen sich am Himmel zusammen. Ehe sie sichs versahen, begann es heftig zu regnen. Dem Kranich machte das offenbar überhaupt nichts aus, er wäre gern noch länger auf der Wiese geblieben, aber seine menschlichen Freunde waren innerhalb von Sekunden völlig durchnässt und machten sich

eilig auf den Rückweg. Laran folgte ihnen etwas widerwillig, schließlich schützten ihn seine Federn vor dem Regen.

Als sie von ihrem Spaziergang zurückkehrten, mahnten Mama und Papa zum Aufbruch. Sie wollten auf dem Heimweg noch das *Ozeaneum* in Stralsund besuchen. Lilly und Nikolas wären lieber noch ein paar Stunden länger bei Laran geblieben, aber Mama und Papa hatten ihnen schon auf der Hinreise gesagt, dass sie ins *Ozeaneum* wollten und außerdem versprochen, dass sie im Sommer wiederkommen würden. Das rechneten die Kinder Mama und Papa hoch an. Sie trockneten sich ab, zogen neue Kleidung an und stiegen nach ein paar Verzögerungsversuchen letztlich doch ins Auto, nachdem sie sich von Laran und dem Ehepaar Müller verabschiedet hatten.

„Ich vermisse Laran jetzt schon“, jammerte Lilly, als sie über die kleine Brücke in Waase von Ummanz nach Rügen fuhren.

„Ich auch“, seufzte Nikolas.

DIE ZAUBERHAFTE UNTERWASSERWELT DES OZEANEUMS

Um die Kinder etwas von ihrem Abschiedsschmerz abzulenken, reichte Mama ihnen einen Flyer vom *Ozeaneum* nach hinten auf die Rückbank. „Das klingt ja cool!", meinte Nikolas nach kurzem Lesen und freute sich nun doch ein wenig auf diesen Ausflug. Lilly war ebenfalls ziemlich gespannt.

Das *Ozeaneum* lag inmitten historischer Backsteingebäude am Hafen von Stralsund – mit Blick auf Rügen. „Es sieht ein bisschen so aus wie einer der riesigen Ozeandampfer, die wir vor Kurzem in Warnemünde gesehen haben", fand Nikolas.

„Oder wie ein Eisberg", überlegte Lilly.

Gespannt betraten sie das riesige weiße Gebäude und fanden sich schon nach wenigen Minuten in einer unglaublich spannenden Unterwasserwelt wieder. Sie erkundeten die Vielfalt der verschiedenen Ozeane und entdeckten, welche Fische und Quallen im Stralsunder Hafenbecken und vor der Küste Rügens leben. Begeistert reiste die Familie mit einem Tauchboot zu den faszinierenden Lebewesen der Tiefsee – bis zu den „Schwarzen Rauchern" vier Kilometer unter der Meeresoberfläche. Diese Thermalquellen auf dem Boden des Ozeans stoßen heißes, mineralhaltiges Wasser aus. Trotz der dunklen, giftigen Brühe leben unzählige Lebewesen rund um die „Schwarzen Raucher".

„Das war so cool!", schwärmte Nikolas, als sie das quietschgelbe Tauchboot wieder verließen. Sie streichelten Seesterne, besuchten das

Wattenmeer der Nordsee und erreichten durch einen Unterwassertunnel schließlich den Atlantik, wo sie Rochen, Haie und Makrelenschwärme bestaunten. Hier gab es sogar einen Pazifischen Riesenkraken, der bis zu 30 Kilogramm schwer werden kann, keine Knochen besitzt, sondern nur aus Muskeln besteht. Auf den acht Armen sitzen rund 10.000 Saugnäpfe. „Kraken haben sehr scharfe Augen und sind hochintelligent", erzählte Papa. „Sie können zum Beispiel Legosteine auseinanderbauen, um an Futter zu gelangen."

Lilly gefiel es am besten auf der Dachterrasse mit einem wunderschönen Blick über Stralsund. Hier lebte eine Gruppe süßer Humboldt-Pinguine, denen die Besucher aus nächster Nähe beim Tauchen zusehen konnten. Lilly konnte sich kaum losreißen, um den Wasserspielplatz auszuprobieren und das interaktive „Meer für Kinder" zu erkunden.

Gerade als die Geschwister dachten, dass es nicht mehr besser werden könnte, betraten sie einen dunklen Raum. Blaues Licht flackerte. Unbekannte, aber angenehme Geräusche waren zu hören. „Das ist der Gesang der Wale“, flüsterte Mama geheimnisvoll. Inmitten des 20 Meter hohen Raums schwebten originalgetreue Nachbildungen diverser Giganten der Meere. Nikolas erspähte einen riesigen Blauwal, einen Pottwal, ein Buckelwalweibchen mit Baby, einen Mondfisch und einen Riesenkalmar.

Vorbei an verschiedenen Informationskästen, schlängelte sich ein Weg hinab bis zum Boden. Von jeder Ebene aus konnten sie ein anderes Meereslebewesen genauer in Augenschein nehmen. Unten angekommen entdeckten sie eine Reihe von bequemen Liegen. „Sucht euch einen Platz, es geht bestimmt bald los“, meinte Papa. Auch wenn Lilly und Nikolas keine Ahnung hatten, was hier gleich losgehen sollte, machten sie es sich nach dem vielen Laufen gern auf einer der Liegen bequem und blickten wie kleine Fische am Meeresgrund nach oben auf die riesigen Meeressäuger.

Kurze Zeit später begann ein multimediales Wal-Spektakel aus Licht, Klang und fantastischen Unterwasserbildern. Lilly und Nikolas erfuhren mehr über diese faszinierenden Tiere – aber auch darüber, warum es immer weniger von ihnen gab.

Im Auto waren sie schließlich von den vielen spannenden Eindrücken so müde, dass sie den Großteil der Heimfahrt verschliefen.

EIN KRANICH WIRD FLÜGGE

In den nächsten Wochen telefonierten Lilly und Nikolas immer wieder mit Dr. Müller und seiner Frau Marianne. Die Kinder der beiden waren längst erwachsen, auf Enkelkinder warteten sie bisher vergeblich und sie hatten die beiden tierlieben Ferienkinder aus Berlin sehr gern.

Die Müllers erzählten den Geschwistern jedes Mal von neuen Fortschritten ihres Schützlings. Inzwischen flog er regelmäßig allein übers Gartentor davon, um die Welt ohne seine Pflegeeltern zu entdecken. Zweimal am Tag schlief der Kranich ausgiebig und steckte dabei seinen Kopf auf dem Rücken unter die Flügel, den Rest der Zeit war er überaus lebhaft und immer zu Streichen aufgelegt.

Die Zeit ohne Laran kam den Kindern trotz der vielen Telefonate mit den Müllers wie eine Ewigkeit vor. Doch endlich begann der August und die Familie konnte sich erneut auf den Weg nach Rügen machen.

Beim Wiedersehen hatte sich Laran abermals sehr verändert. Er hatte seine endgültige Größe erreicht und seine Beine waren nicht mehr hellbraun, sondern fast schwarz, wie bei einem erwachsenen Kranich. Die schwarzen Knopfaugen des Kükens waren ebenfalls verschwunden, seine Augen waren jetzt eher braun. Sein Gesicht wirkte dunkler und auf dem Rücken trug er neue hellgraue Federn, die sich deutlich von dem braunen „Jugendkleid“ abhoben. Im nächsten Jahr würde auch er den schönsten Schmuck der Kraniche tragen – eine „Schleppe“ aus herabhängenden

Federn, die er buschig aufstellen konnte, um noch majestätischer zu wirken.

Lilly und Nikolas konnten nun selbst erleben, wie gut der Kranich flog. Punktgenau landete er neben ihnen und den Müllers, als er von einem seiner Nachmittagsausflüge zurückkehrte. Dann tanzte er übermütig durch den Garten und stocherte mit seinem geschickten Schnabel zwischen den Steinplatten der Auffahrt herum.

„Bei unseren Spaziergängen entdeckt Laran inzwischen schon lange vor uns, wenn sich jemand – zum Beispiel ein Reh oder Hase – nähert. Ich denke, er kann inzwischen ziemlich gut auf sich aufpassen", berichtete Dr. Müller stolz. „In letzter Zeit treffen wir ab und zu einen anderen Kranich, der sich drohend aufplustert, um unserem Jungvogel klarzumachen, dass dies sein Revier ist. Laran richtet dann jedes Mal seine paar Schmuckfedern auf und macht sich so groß wie möglich, um zu zeigen, dass mit ihm nicht zu spaßen ist. Ich vermute, im Moment sind es eher wir Menschen in Begleitung des Grünschnabels, die den fremden Kranich verwirren und zum Rückzug animieren, aber Laran weiß jedenfalls, wie es geht."

Lilly und Nikolas staunten, wie viele Laute Laran inzwischen machen konnte und auch darüber, dass Dr. Müller sie offenbar verstand. „Wenn er sich wohlfühlt, trillert er so wie jetzt. Wenn er um Futter oder etwas, was ihm gefällt, zum Beispiel glänzende Knöpfe oder Schnürsenkel, bettelt, kann er ohrenbetäubend pfeifen. Wenn ihn etwas erschreckt, faucht er regelrecht. Und wenn er uns sucht, ertönt ein dringendes, einsam klingendes Piepen", erzählte Dr. Müller.

„Stören ihn die Ringe nicht?", wollte Nikolas wissen. An beiden Beinen über den Intertarsalgelenken des Kranichs hatte Dr. Müller blaue, gelbe, rote

und weiße Plastikringe angebracht – je drei Stück, durch die Laran immer zu erkennen sein würde, egal, wohin er flog.

„Am ersten Tag kam ihm das etwas komisch vor, aber inzwischen scheint er zu glauben, dass sie zu seinem Körper gehören, und putzt sie liebevoll mit", erzählte Dr. Müller. „Die Beringung ist wie der Personalausweis der Kraniche. Die Farben am linken Bein stehen für das Land, aus dem das Tier stammt. Für Deutschland gibt es sogar zehn verschiedene Farbkombinationen, weil hier die meisten Kraniche beringt werden. Am rechten Bein hat jeder Vogel seine einzigartige Farbkombination."

Marianne Müller hatte wieder ein leckeres Abendessen für ihre Gäste aus Berlin vorbereitet, heute gab es Lasagne. „Laran bekommt sein eigenes Stück, damit er uns nicht die Nudeln vom Teller klaut", lachte sie. „Dieser Kranich ist wirklich ein Allesfresser. Egal ob Gemüse, Kartoffeln, Haferflocken, Sonnenblumenkerne, Bohnen, Erdnüsse, Fisch oder Kekse – es gibt praktisch nichts, was ihm nicht schmeckt." Dr. Müller berichtete, dass er sogar vor Mäusen, Fröschen und toten Maulwürfen nicht haltmachte.

„Unsere gemeinsamen Spaziergänge liebt er immer noch, aber sie dauern nicht mehr so lange. Das Laufen wird ihm schnell zu mühselig und er fliegt lieber“, erzählte Dr. Müller beim Essen. „Nur bei Regen vergeht ihm die Lust aufs Fliegen und er bleibt lieber zu Hause.“

„Seit einigen Tagen trifft er sich abends mit anderen Kranichen auf der großen Wiese im Schutzgebiet, wo er meist in der Nähe eines kinderlosen Kranichpaares steht. Manchmal versucht er ein bisschen zu prahlen und den anderen zu imponieren, aber die Altvögel nehmen ihn noch nicht richtig ernst und das ist auch gut so, sonst würde es Kämpfe geben. Ich glaube, er lernt dort noch einiges. Einmal war er sogar schon über Nacht weg. Wir haben ihn eine ganze Weile gesucht und nach ihm gerufen, aber ihn nicht gefunden“, berichtete Marianne Müller. „Das war eine unruhige Nacht für uns. Zum Glück ist er am Morgen wohlbehalten nach Hause gekommen. Vermutlich hat er mit den anderen Kranichen im Bodden übernachtet. Er war hundemüde und sehr hungrig. Wahrscheinlich hatte er wegen der vielen ungewohnten Geräusche nicht viel geschlafen. Wir werden uns wohl daran gewöhnen müssen, dass er nun öfter wegbleibt. Und eigentlich ist es ja auch gut so, denn damit steigt die Chance, dass er sich den anderen Kranichen im Herbst anschließen wird."

Es wurde ein schöner und lustiger Abend. Auch die Erwachsenen verstanden sich bestens und Laran sorgte mit seinen Versuchen, sich immer wieder etwas Leckeres von den Tellern seiner Menschenfreunde zu stibitzen, für viel Gelächter. Dann machte er sich auf den Weg zu seinem abendlichen Ausflug. Mit lang nach hinten ausgestreckten Beinen flog er über das Feld davon. Wie gern wären Lilly und Nikolas hinterhergeflogen!

Die Kinder versprachen, am nächsten Morgen wiederzukommen und sich bis zum Mittag um Laran zu kümmern. Sie wären gern länger bei ihm geblieben, aber Mama und Papa hatten für den Nachmittag einen Ausflug nach Prora geplant. Hier wollten sie den Baumwipfelpfad des *Naturerbe Zentrums Rügen* und das Mitmachmuseum *Galileo Wissenswelt* besuchen. Abends wollten sie dann zu den *Störtebeker-Festspielen* gehen, worauf sich die Kinder schon riesig freuten.

EIN SPANNENDER SPAZIERGANG ZWISCHEN DEN BAUMWIPFELN

Als Mama und Papa mittags kamen, um Lilly und Nikolas abzuholen, verabschiedeten sich die Kinder nur ungern von Laran. Der Kranich war einfach zu lustig und sie hatten großen Spaß mit ihm.

Auf der Fahrt nach Prora erzählten sie Mama und Papa, wie Laran Dr. Müller das Werkzeug geklaut hatte, als dieser versuchte, den Carport zu reparieren.

Dann erreichten sie den Parkplatz des noch relativ neuen *Naturerbe Zentrums Rügen*. In einem kleinen rosa Schlösschen, das jahrelang vergessen im Wald gestanden hatte und nun saniert worden war, kaufte Papa die Eintrittskarten. Für jedes Kind brachte er ein kleines Heftchen mit, die „Baumwipfelpfad-Comic-Rallye".

Danach suchten sie sich erst einmal einen Platz auf der Terrasse des „Boomhus-Restaurants" und ließen sich die regionale Küche schmecken. Gestärkt ging es nach dem Mittagessen über einen Einstiegsturm langsam hinauf in luftige Höhen. Damit auch Familien mit Kinderwagen oder Menschen im Rollstuhl den Baumwipfelpfad besuchen konnten, gab es nirgendwo Treppenstufen, sondern flach ansteigende Wege.

Lilly und Nikolas kletterten auch zu Hause gern auf Bäume und fühlten sich im Wald pudelwohl. Zwischen den Baumkronen urwüchsiger Rotbuchenwälder herumzuspazieren, gefiel ihnen daher ganz besonders. Dabei

bewegten sie sich in luftigen Höhen zwischen vier und 17 Metern. Die Wege waren so breit, dass es Mama trotz ihrer Höhenangst kaum etwas ausmachte.

Überall gab es etwas zu entdecken. Erlebnisstationen luden zum Balancieren und Ausprobieren ein – und erforderten teilweise einiges an Mut. Infopunkte enthüllten ihnen viele Geheimnisse der Natur. Sie konnten nacherleben, wie viel Kraft ein Baum aufbringen muss, um Wasser von den Wurzeln bis in die Krone zu transportieren, lernten, wie viele Menschen eine Rotbuche pro Tag mit Sauerstoff versorgen kann oder wie viele „Stockwerke" mit unterschiedlichen Bewohnern ein Wald besitzt. Sie fühlten sich wie in einer anderen Welt.

Gespannt verfolgten sie die Comic-Geschichte eines aus dem Nest gefallenen Seeadlerkükens, das zurück in den Adlerhorst wollte. Jede Station half ihnen, eine Frage in ihren Heftchen zu beantworten.

Am Ende des Pfades stand der 40 Meter hohe *Adlerhorst*. Geduldig liefen Lilly und Nikolas den spiralförmigen Weg hinauf und entdeckten dabei auf jeder Ebene ein Vogelnest. Vom Kranich war keins dabei, aber viele andere interessante Arten. Von oben hatten sie einen spektakulären Ausblick und fühlten sich tatsächlich ein wenig wie ein Seeadler – oder ein Kranich – im Flug, als sie aus der Vogelperspektive über die Insel schauten. Mit einem speziellen Fernglas konnten sie sogar so mikroskopisch scharf wie ein Adler über die Landschaft blicken.

Zum Schluss besuchten sie die Erlebnisausstellung im *Naturerbe Zentrum*. Hier konnten sie mit Feuersteinen Funken schlagen und heimische Tierarten in ihren „Wohnstuben" besuchen. Sie erfuhren, wie der Sand an den Strand kommt und wie Bionik – die Verbindung zwischen Biologie und Technik – funktioniert.

EXPERIMENTE UND PIRATEN

Ihr nächstes Ziel war die *Galileo Wissenswelt* in Prora. Das gelb-orange-gestreifte Gebäude lag direkt an der Hauptstraße auf dem Weg zwischen Binz und Sassnitz. Hier warteten jede Menge spannende Experimente und Ausstellungsstücke rund um Biologie, Dinosaurier, Optik, Mechanik, Magnetismus und Akustik auf neugierige Besucher. Das Beste war, dass man alles selbst ausprobieren und erforschen konnte.

Für Lilly und Nikolas wurde es ein aufregender und spektakulärer Nachmittag. Die Kinder ließen ihren Schatten einfrieren, bewunderten die Mineralien- und Fossiliensammlung und lachten sich über ihr Bild in den Zerrspiegeln kringelig. Mit Papa grübelten sie über Knobelaufgaben, mit Mama staunten sie über optische Täuschungen und 3-D-Illusionen.

Begeistert erkundeten die Geschwister die verschiedensten naturwissenschaftlichen Phänomene. Dabei erfuhren sie, wie Fische tauchen, was ein Schallreflektor ist und wie sich ein Erdbeben anfühlt. Der Höhepunkt des Besuches im Wissensmuseum war das Goldwaschen und die Edelsteinsuche. Am Ende durften sie ihre Funde sogar mit nach Hause nehmen.

Inzwischen war es Abend geworden. Sie fuhren direkt zum Parkplatz der *Störtebeker-Festspiele* oben an der Bundesstraße, von wo aus sie eine Bimmelbahn hinunter zum Hafen von Ralswiek brachte. Die Zeit reichte gerade

noch für eine Bratwurst, dann begann auf der Naturbühne das neue Abenteuer rund um den berühmten Seeräuber und seine Vitalienbrüder – so nannte man die Piraten um Störtebeker.

Atemlos verfolgten Lilly und Nikolas das Geschehen auf der Bühne. Es gab wilde Reiter, explodierende Schiffe, böse Ratsherren und Kirchenmänner. Wie immer kämpften die Seeräuber um Störtebeker für die Armen und Schwachen, aber auch um eine Menge Gold – und für die Liebe. Nach der Vorstellung gab es ein fantastisches Feuerwerk. Lilly und Nikolas wollten gar nicht mehr aufhören zu klatschen. So waren sie dann auch fast die letzten, die die Naturbühne am Großen Jasmunder Bodden verließen. Auf dem Weg zum Ausgang begegneten sie dem Falkner Volker Walter. Er trainierte den Steinadler Laran, der die Besucher der *Störtebeker-Festspiele* jedes Jahr mit seinen Flugkünsten beeindruckte. Der Falkner erinnerte sich sogar an die Kinder des Fotografen, die vor zwei Jahren bei den Proben dabei waren und seinen schönen Vogel bewundert hatten.

Lilly und Nikolas ließen es sich nicht nehmen, Volker Walter von ihrem Laran zu erzählen und er war begeistert, dass sie den kleinen Kranich gerettet hatten und sich nun zusammen mit dem Tierarzt und seiner Frau so gut um ihn kümmerten. „Ich drücke euch ganz fest die Daumen, dass er sich im Herbst dem Vogelzug anschließt. Und solange wünsche ich euch noch viel Spaß mit ihm. Wenn ihr in der Schule erzählt, was ihr alles über Kraniche gelernt habt, könnt ihr bestimmt mithelfen, diese wunderbaren Vögel und ihren Lebensraum zu schützen."

Das war, fanden Lilly und Nikolas, eine großartige Idee. Sie versprachen dem Falkner, im nächsten Jahr wiederzukommen und ihm zu berichten, ob der Kranich in den Süden gezogen und gesund zurückgekehrt war.

Auf dem Heimweg überlegten Lilly und Nikolas, wie sie ihre Mitschüler für den Kranichschutz begeistern könnten und wo Laran wohl gerade war – in seinem Stall bei Dr. Müller? Oder war er wieder über Nacht weggeblieben?

MEERJUNGFRAUEN IM HANSEDOM

Lilly und Nikolas verbrachten noch zwei wunderbare Tage mit Laran, dann mussten sie Rügen abermals den Rücken kehren. Für den Heimweg hatten Mama und Papa noch eine Station in Stralsund eingeplant.

Ihr Ziel war der *HanseDom*, ein Badeparadies am westlichen Stadtrand von Stralsund, in der Nähe des Zoos. Das Schwimmbad gefiel ihnen sofort. Begeistert erkundete die Familie die tropische Wasserwelt mit Palmen, Wasserfällen, Strudelkanal, Wellenbad und Ruinen, die an die Tempel der Inka im südamerikanischen Regenwald erinnerten. Es gab rasante Rutschen, ein großzügiges Außenbecken und sprudelnde Whirlpools auf einem gestrandeten Schiff. Das Mittagessen genossen sie an Bord des Badehosenrestaurants „Käpt'n Nielson". Während Mama und Papa das Essen besorgten, erklommen Lilly und Nikolas den Mast und stachen in See. Doch der Hunger führte sie bald zurück in den Hafen.

Satt und zufrieden besuchten sie nach dem Essen die orientalische Saunalandschaft. Die Gebäude und Brunnen im maurischen Stil wirkten wie aus einem Märchen aus „Tausendundeiner Nacht". Sie warfen einen Blick in jede der zehn verschiedenen Saunen und entschieden sich schließlich für die Kristallsauna, das Bad der Sinne und das Steinbad. Nach drei Saunagängen mit Ruhepausen dazwischen, kehrten sie zurück in die Badewelt. Am Beckenrand lagen einige bunte Meerjungfrauenkostüme bereit – und ein schwarzes für einen Meermann.

Lillys Augen wurden immer größer, als drei Mädchen unter Anleitung einer jungen Frau in die Kostüme schlüpften. „Oh, darf ich auch mitmachen?", fragte sie die Schwimmlehrerin bittend und ihr Augenaufschlag hätte selbst Steine zum Erweichen gebracht.

„Wenn deine Eltern einverstanden sind, gern", sagte die junge Frau. „Der Schnupperkurs dauert eine halbe Stunde und kostet zwei Euro."

Lilly musste gar nichts mehr sagen, Mama und Papa stimmten sofort zu, wussten sie doch, dass damit ein Traum ihrer Tochter in Erfüllung ging. „Und was ist mit dir, Nikolas?", fragte Mama. „Offensichtlich ist das nicht nur was für Mädchen."

„Überhaupt nicht", sagte die junge Frau. „Mein Mann und ich unterrichten gemeinsam und wir haben immer wieder Jungs dabei. Es gibt sogar coole Haiflossen für den Rücken und die Füße, aber die sind eher für jüngere Kinder, die noch nicht so sicher schwimmen. Gute Schwimmer haben mehr Spaß in den Kostümen."

Nikolas zierte sich noch eine Weile. Was würden seine Freunde von ihm denken? Lilly probierte derweil schon fleißig, sich mit der ungewohnten Schwanzflosse durch das Wasser zu bewegen und sie wusste genau, wie sie ihren Bruder dazu bekommen konnte, mitzumachen. „Das ist total schwer, Nikolas. Ist dir bestimmt eh zu anstrengend."

Das wollte Nikolas nicht auf sich sitzen lassen und bat Mama um zwei Euro, um auch mitmachen zu können. Sie gab ihm das Geld gern und half ihm schnell in die schwarze Flosse, dann stürzte sich auch Meermann Nikolas in die Fluten. Lilly hatte recht, es war wirklich ganz schön schwierig, aber es machte einen irren Spaß. Nach einer halben Stunde waren die Kinder fix und fertig.

Auf der Heimfahrt grinste Mama zu Papa hinüber: „Es ist nicht zu glauben, aber wir haben unsere Kinder schon wieder geschafft. Sie schlafen beide.“

TAUSENDE KRANICHE VOR RÜGEN

In den nächsten Wochen schickte Dr. Müller immer wieder Fotos von Laran. Er verbrachte inzwischen jede Nacht mit den anderen Kranichen auf der Wiese und im Bodden. Der Tierarzt erzählte, dass Laran die anderen Kraniche genau beobachtete und ihr Verhalten nachmachte. Tagsüber war er nach wie vor bei den Müllers, wo er ihnen die Haare vom Kopf fraß und Quatsch machte. Selbst die blaue Farbe, mit der Dr. Müller das Gartenhaus neu streichen wollte, schien ihm außerordentlich zu gefallen. Immer wieder tunkte er den Schnabel hinein, auch wenn Dr. Müller den Vogel jedes Mal vertrieb.

Der September kam und tausende Kraniche rasteten nun rund um Ummanz, Rügen und Hiddensee, um sich für den langen Weg in den Süden zu stärken. Auf den abgeernteten Maisfeldern suchten sie nach Maiskörnern, die auch Laran zunehmend lecker fand, nachdem er einige Tage lang nur mit den gelben Kolben gespielt hatte. Lilly, Nikolas und ihre Eltern kamen noch einmal für ein Wochenende nach Rügen, verbrachten Zeit mit Laran und beobachteten seine Artgenossen auf den Sammelplätzen. Es war wunderschön.

Lilly und Nikolas tobten mit dem Kranich im Laub, das Dr. Müller vor dem Grundstück zusammengefegt hatte. Immer wieder pflückte Laran den Haufen auseinander, tanzte fröhlich und warf Blätter und Stöckchen in die Luft. Diesmal fiel Lilly und Nikolas der Abschied noch schwerer als sonst, denn sie wussten, dass er vielleicht für immer war.

Als es ab Mitte Oktober immer kälter wurde, verließen die Vögel nach und nach in großen Gruppen die Region, um in wärmere Gefilde zu fliegen. Doch Laran kam noch immer jeden Morgen nach Hause, was die Müllers gleichermaßen freute wie bedrückte. Langsam befürchteten sie, dass sich Laran doch nicht dem Vogelzug anschließen würde. Sie hatten keine Ahnung, wie sie den Vogel überwintern sollten. Ihn allein im Bodden übernachten zu lassen, war viel zu gefährlich, vor allem, wenn dieser zufror. Und in seinem Gehege eingesperrt zu sein, mochte Laran überhaupt nicht.

Anfang November kam dann der Anruf, mit dem Lilly und Nikolas schon fast nicht mehr gerechnet hatten: An einem kalten, sonnigen Morgen in der vergangenen Woche war Laran nicht von seinem nächtlichen Ausflug zurückgekehrt. Inzwischen hatte Dr. Müller mit einigen Kranich-Schützern

telefoniert und herausgefunden, dass er in Brandenburg, gar nicht so weit entfernt von Lilly und Nikolas, gesichtet worden war. Nun befand er sich auf dem Weg nach Süddeutschland Richtung Frankreich, Spanien, Portugal oder Nordwestafrika.

Alles, was sie noch für ihn tun konnten, war ihm einen guten Flug und eine gesunde Heimkehr ab Mitte Februar zu wünschen. Dann würde er die nächsten zwei Sommer mit einem der Junggesellentrupps verbringen und eine Partnerin wählen, die er mit seinen Tänzen bezaubern würde. In seinem fünften Lebensjahr konnte er selbst Vater von kleinen Kranichen werden.

Lilly weinte ein bisschen, als sie das Telefon weggelegt hatten, und auch Nikolas spürte einen Kloß im Hals. Aber sie wussten, dass eigentlich alles gut war. Sie hatten den kleinen Kranich gerettet und ihm gemeinsam mit Dr. Müller und seiner Frau einen guten Start ins Leben ermöglicht. Jetzt wartete die Freiheit mit all ihren Abenteuern und Gefahren auf ihn.

„Genauso geht es uns Eltern auch – wir können euch nur eine Zeit lang beschützen und versuchen, euch alles mitzugeben, was ihr im Leben brauchen werdet“, sagte Mama mit leiser Stimme. „Dann müssen wir euch ziehen lassen, auch wenn es uns unendlich schwerfällt. Aber wir können euch nicht zurückhalten, sondern müssen euch vertrauen und eure eigenen Wege gehen lassen.“

Da kuschelten sich Lilly und Nikolas ganz fest an Mama. Auch wenn sie irgendwann ihr eigenes Leben leben würden, würden sie doch immer wieder nach Hause kommen. Genau wie Laran hoffentlich im nächsten Frühling nach Ummanz zurückkehren würde.

– Ende –

Museum im Leuchtturm Putgarten Kap Arkona, Schinkelturm & Peilturm Kap Arkona & Jaromarsburg

Arkona 3, 18556 Putgarten
www.kap-arkona.de

Rügenhof Kap Arkona

Dorfstraße 22, 18556 Putgarten
038391/4000
www.kap-arkona.de

Nationalpark Jasmund mit Königsstuhl, Victoria-Sicht und Besucherzentrum

Stubbenkammer 2a, 18546 Sassnitz
038234/5020
www.nationalpark-jasmund.de

steinmüller Peter Müller

Zum Hafen 6, 18551 Lohme
0170/9853585
www.ruegensteine.de

Tauchgondel an der Seebrücke Sellin

Wilhelmstr. 25, 18586 Ostseebad Sellin
038303/92777
www.tauchgondel.de
www.seebruecke-in-sellin.de

Erlebniswelt Rugard mit Inselrodelbahn, Kletterwald und Ernst-Moritz-Arndt Turm

Rugardweg 7-10, 18528 Bergen auf Rügen
03838/20190
www.erlebniswelt-rugard.de

Dinosaurierland Rügen
Am Spycker See 2a, 18551 Glowe
038302/719874
www.dinosaurierland-ruegen.de

Rügen Park Gingst
Mühlenstraße 22b, 18569 Gingst
038305/55055
www.ruegenpark.de

Denkmalhof Zirkow
Binzer Straße 43a, 18528 Zirkow
038393/32824
www.ruegenmagic.de/Museen-Ruegen/museumshof-zirkow.htm

Karls Erlebnis-Dorf
Binzer Str. 32, 18528 Zirkow
038202/4050
www.karls.de/zirkow.html

Schlosspark Putbus
Alleestraße 34, 18581 Putbus

Restaurant Jägerhütte Putbus
Alleestraße 33, 18581 Putbus
038301/510
www.jaegerhuette-putbus.de
In der Nähe von Putbus gibt es auch die schönsten Bodden-Strände.

Baumwipfelpfad im Naturerbe Zentrum Rügen
Forsthaus Prora 1
18609 Binz, 038393/662200
www.baumwipfelpfade.de/nezr

Mitmachmuseum Experimenta/Galileo in Prora
Prorarer Chaussee / Gewerbegebiet 1, 18609 Binz-Prora
038393/131318
www.galileo-ruegen.de

Störtebeker Festspiele
Am Bodden 100, 18528 Ralswiek/Rügen
03838/3110-0
www.stoertebeker.de
www.falknereiwalter.com

Wittower Fähre
der kurze Weg in den Norden Rügens
Fahrplan online: www.weisse-flotte.de/fahrplan/wittower-faehre

Ummanz Information

Neue Straße 63a, 18569 Ummanz
038305/53481
www.ruegeninsel-ummanz.de

Ummanz-Keramik Hofladen

Neue Straße 63 b, 18569 Waase
038305/8111
www.ruegeninsel-ummanz.de/netzwerkpartner/ummanz-keramik

St. Marienkirche Waase

Am Focker Strom, 18569 Waase/Ummanz,
038305/328
www.kirche-mv.de

Café Zuckerkuss

Dorfstraße 11, 18569 Ummanz
www.kubitzerbodden.de/café-zuckerkuss

Freier Inselsaat Ummaii mit Wassersport, Surfkursen, Surfhostel und Tikibar

Suhrendorf 1-8, 18569 Suhrendorf / Ummanz
www.ummaii.de

Bauer Lange

Lieschow 37, 18569 Ummanz
www.bauerlange.de

Erlebnis-Bauernhof Kliewe

Mursewiek 1, 18569 Ummanz
www.bauernhof-kliewe.de

■ STRALSUND UND UMGEBUNG

OZEANEUM

Hafenstraße 11, 18439 Stralsund
03831/2650 610
www.ozeaneum.de

HanseDom Stralsund

Grünhufer Bogen 18–20, 18437 Kramerhof
03831/37330
www.hansedom.de

Kranich-Informationszentrum Groß Mohrdorf

Lindenstraße 27, 18445 Groß Mohrdorf
038323/80540
www.kraniche.de/de/ausstellung.html

Außerdem bei Biber & Butzemann

Sandra Lehmann
Matti und Max
Abenteuer auf Kreta
Biber & Butzemann

Sandra Lehmann
Matti und Max
Abenteuer in New York
Biber & Butzemann

Sandra Lehmann
Matti und Max
Abenteuer in Berlin
Biber & Butzemann

Sandra Lehmann
Matti und Max
Abenteuer in Paris
Biber & Butzemann

Matti und Max
Abenteuer in den Alpen
Sandra Lehmann
Biber & Butzemann

Abenteuer
Kerstin Groeper
an der
Mecklenburgischen
Seenplatte
Betreten verboten
Lilly, Nikolas und die verbotene Insel
Biber & Butzemann

Abenteuer in
Birgit Hedemann
Hamburg
Lilly und Nikolas auf der Spur der Schmuggler
Illustrationen von Sabrina Pohle
Biber & Butzemann

Schatzsuche in
Steffi Bieber-Geske
Berlin und Brandenburg
Ferien Abenteuer
Lilly, Nikolas und das Geheimnis des Weltreisenden
Biber & Butzemann

Abenteuer
Steffi Bieber-Geske / Nicole Grom
im Spreewald
Lilly, Nikolas und das geheimnisvolle Tagebuch
Mit Illustrationen von Claudia Meinicke
Biber & Butzemann

ABENTEUER IN DER OBERLAUSITZ
Judith Schreiter
LILLY, NIKOLAS UND DIE GEHEIMNISVOLLEN FREMDEN
Biber & Butzemann

Steffi Bieber-Geske | Sabrina Pohle
Zauberhafte Ferien im Harz
Lilly, Nikolas und die Hexen
Biber & Butzemann

Daniela Gappa
BIBER PAUL auf Reisen
Harz
Ein Reiseführer für Kinder
Biber & Butzemann

Elisabeth Schieferdecker
Abenteuer im Erzgebirge
Lilly und Nikolas im Weihnachtsland
FERIEN ABENTEUER
Illustrationen von Sabrina Pohle
Biber & Butzemann

ABENTEUER RUND UM DRESDEN UND DAS ELBSANDSTEINGEBIRGE
Juliane Jacobsen
Lilly, Nikolas und die Schätze der Fürsten
FERIEN ABENTEUER
Illustrationen von Sabrina Pohle
Biber & Butzemann

Schatzsuche in Leipzig
Lilly und Nikolas auf der Suche nach dem singenden Saphir
FERIEN KRIMI
Mareike Seehaus
Illustrationen von Sabrina Pohle
Biber & Butzemann

FERIEN ABENTEUER
Jörg F. Nowack
Illustrationen von Sabrina Pohle
Schatzsuche zwischen Saale und Unstrut
Lilly, Nikolas und die Himmelsscheibe von Nebra
Biber & Butzemann

Elisabeth Schieferdecker | Sabrina Pohle
Magische Ferien in Thüringen
Lilly, Nikolas und der Zauberer Felix Urlaubius
Biber & Butzemann

DAS KLEINE GESPENST VINCENT ENTDECKT THÜRINGEN
Anja Tettenborn
Mit Illustrationen von Wiebke Wilhelm
Biber & Butzemann

Alexandra Benke
Geheimnisse rund um das Märchenschloss
Ein Bauernhof-Abenteuer im Allgäu
Biber & Butzemann

Alexandra Benke
Geheimnis um die Rauhnächte
Ein Jahr voller Abenteuer in Oberbayern
Biber & Butzemann

Alexandra Benke
Geheimnis um die Wildtiere
Abenteuer zwischen Tegernsee und Chiemsee
Biber & Butzemann

Alexandra Benke
Geheimnis um den roten Kater
Mit Illustrationen von Claudia Gabriele Meinicke
Ein München-Abenteuer
Biber & Butzemann

Andrea Nesseldreher
Zeppelinfieber
Lilly und Nikolas am Bodensee
Illustrationen von Liuba Lebedeva
Biber & Butzemann

Abenteuer rund um Heidelberg und Odenwald
Lilly, Nikolas und ein Alpaka auf Abwegen
Teresa A. K. Kaya
Illustrationen von Liuba Lebedeva
Biber & Butzemann

ABENTEUER IM SCHWARZWALD
Lilly, Nikolas und das Geheimnis der Zwerge
Steffi Bieber-Geske
Mit Illustrationen von Michaela Frech
Biber & Butzemann

Anja Tettenborn
DAS KLEINE GESPENST VINCENT ENTDECKT DIE RHÖN
Mit Illustrationen von Bibi Hecher
Biber & Butzemann

Andrea Nesseldreher
Aufregung im GrünGürtel
Lilly und Nikolas in Frankfurt am Main
BLEIBEN
Biber & Butzemann

Miriam Schaps
Abenteuer im Ruhrgebiet
Lilly, Nikolas und das Bergmanns-Tagebuch
Biber & Butzemann

ABENTEUER ZWISCHEN NORDEIFEL UND AACHEN
Lilly und Nikolas auf der Suche nach dem schwarzen Gold
Miriam Schaps
Illustrationen von Sabrina Pohle
Biber & Butzemann

ABENTEUER AM TEUTOBURGER WALD
LILLY UND NIKOLAS AUF DER SUCHE NACH DEN VERFLIXTEN WÖRTERN
Miriam Schaps
Illustrationen von Sabrina Pohle
Biber & Butzemann

Kerstin Groeper / Steffi Bieber-Geske
ABENTEUER IN OSTFRIESLAND
LILLY, NIKOLAS UND DIE LIKEDEELER
Mit Illustrationen von Rebecca Salzmann
Biber & Butzemann

ABENTEUER AUF SYLT
Lilly, Nikolas und die Leuchtturm-Detektive
Kerstin Groeper
Illustrationen von Marie Zippel
Biber & Butzemann

ABENTEUER AN DER LÜBECKER BUCHT
Kerstin Groeper/ Steffi Bieber-Geske
Lilly, Nikolas und die Fledermäuse
RETTUNG FÜR DIE GRAUEN LANGOHREN
illustriert von Vivien Schmidt
Biber & Butzemann

Miriam Schaps
EIN SOMMER IN SCHWEDEN
Illustrationen von Manja Adamson
Biber & Butzemann

Sommer an der dänischen Nordsee
Der geheimnisvolle Bunker
Katja Josteit
Biber & Butzemann

Nicole Schaa
Schimmerie Harztropf
und das Sternenmeer
Biber & Butzemann

Jetzt diese und zahlreiche weitere Reise-Kinderbücher bestellen unter shop.biber-butzemann.de.
Versandkostenfrei ab 10 Euro Bestellwert.

Ein Tagebuch über die Aufzucht kleiner Kraniche
12,90 €, zu bestellen bei:
beate.blahy@t-online.de

136 Seiten
ISBN: 978-3-944102-14-6
19,95 €
Demmler Verlag

68 Seiten
ISBN: 978-3-946323-02-0
4 bis 10 Jahre
14,95 €
World for Kids

100 Seiten
ISBN: 978-3-356012-51-4
12,99 €
Hinstorff

112 Seiten
ISBN: 978-3-944102-33-7
14,95 €
Demmler Verlag

64 Seiten
ISBN 978-3-356018-31-8
9,99 €
Hinstorff